La familia

Sara Mesa

La familia

EDITORIAL ANAGRAMA
BARCELONA

Ilustración: © Isidro Ferrer

Primera edición: septiembre 2022
Segunda edición: octubre 2022
Tercera edición: octubre 2022
Cuarta edición: noviembre 2022
Quinta edición: enero 2023

Diseño de la colección: Julio Vivas y Estudio A

© Sara Mesa, 2022

© EDITORIAL ANAGRAMA, S. A., 2022
    Pau Claris, 172
    08037 Barcelona

ISBN: 978-84-339-9954-2
Depósito Legal: B. 11282-2022

Printed in Spain

Romanyà Valls, S. A., Sant Joan Baptista, 35
08789 La Torre de Claramunt

LA CASA

Mírala desde el ojo del sueño. El pasillo como centro geográfico y frontera. Estancias a los lados. Recórrelo sin ser vista, de una punta a otra. O cruza, de una habitación a la de enfrente, mediante un salto limpio. Arriésgate a entrar. Quizá ya hay alguien dentro, no lo sabes. En caso de que sí, calla, recula. En caso contrario, no eches el cerrojo. No hay cerrojo.

Mírala bien, antes de despertar. Los puntos ciegos y las madrigueras. Palabras que significan justo lo contrario de lo que aparentan, tramposillas. El peine que traza la ordenada raya en medio y el revoltijo de pelos debajo del colchón. La puerta del armario que no cierra del todo. La rendija que queda. Los ojos que espían.

No dejes de mirar, ahora que la tienes ante ti, ardiendo tras los párpados. Calcula cuántos pasos hay entre una esquina y su opuesta. Hazlo con precisión, es importante. Capta las diferencias entre el clic del pomo al cerrarse y el clic al abrirse. Identifica el ronroneo del teléfono justo antes del primer timbrazo. Ajusta el volumen de tu voz en la respuesta, modula con cuidado el fingimiento.

Mira cómo entra la luz por el cristal y colorea la madera de pino de los muebles. Mira cómo rebota y se lanza hacia la pared de gotelé, destella en el espejo del santuario matrimonial, se fragmenta y vuelve a escapar por el balcón, rauda y osada. Mírala derramándose sobre los geranios, húmeda y fresca, hacia la calle prohibida, las aceras con barro, los perros callejeros y la cerveza fría que hay que beber fuera, nunca dentro.

Mira con atención, pero no digas nada.

Solo mira y aprende.

¡EN ESTA FAMILIA NO HAY SECRETOS!

—¡En esta familia no hay secretos! —dijo Padre.

Agitaba en la mano el cuaderno de Martina, un cuaderno con cerradura que ella había comprado a escondidas días atrás, con las cubiertas rosas y un estampado de pájaros con las alas abiertas o cerradas según su lugar en la composición.

Martina ocultaba la llave del candado. Ni bajo tortura se la doy, pensó.

—Que yo sepa, nadie te ha prohibido escribir un diario, ni a ti ni a tus hermanos —dijo Padre—. Es más, nos parece muy bien que os expreséis sin cortapisas, es un valioso ejercicio personal. Así que no lo entiendo. ¿De dónde nace esa desconfianza? ¿De verdad crees, Martina, que tu madre o yo vamos a leer tu diario sin permiso?

Martina negó primero con la cabeza y luego, con llamativa falta de sincronía, habló.

—No.

—Entonces, ¿a qué tanto misterio? ¡Un diario secreto! ¡Si hasta la misma idea de la cerradura resulta ofensiva! —Torció el gesto para mostrar su dolor.

—Pero, papá, el cuaderno venía con el candado, no se lo puse yo. A mí lo que me gustó fue el dibujo de los pájaros. Por eso lo compré, no por el candado.

—¿Por el dibujo?

—Por los... Bueno, son palomas, ¿no? Palomas de colores. ¿Golondrinas?

Padre sonrió. Una sonrisa tenue, introspectiva, que marcaba un cambio. Martina supo lo que pasaría a continuación. Se pondría a caminar a un lado y otro, suavizaría el tono de sus palabras —el enfado dando paso al impulso de la comprensión, la conciliación, etc.— y acabaría acercándose a ella, dándole incluso una amorosa palmadita en la cabeza, como así hizo.

Se contradecía, dijo. Ella misma se contradecía al darle tan poca importancia al candado y, sin embargo, usarlo. Porque debía de ser incómodo abrir y cerrar el diario cada vez que escribiera en él, con esa diminuta llavecilla... Acercó el cuaderno a los ojos, frunció las cejas. Qué pequeño agujero, dijo como para sí. Por no hablar, claro, de que guardaba el diario debajo del colchón. ¿Cómo podía justificar eso?

—Martina, Martina, ¿cuándo terminarás de fiarte de nosotros? Algún día tendrás que aceptar que ha empezado una etapa nueva en tu vida. Una etapa mejor, sin oscuridad, sin miedo.

Gracias a las ventajas de esta nueva vida, a la que dedicó tan bonitas palabras, Padre olvidó pedirle la llave. Pero le pidió que no la usara más. Por favor. La próxima vez que escribiera en su diario, dijo, podía dejarlo sin cerrar donde le viniera en gana, por ejemplo en la mesa del comedor o sobre la encimera de la cocina, al alcance de cualquiera.

—Te aseguro que nadie lo leerá.

Hizo una pausa, se acarició reflexivamente el mentón.

—Aunque deberías recordar algo. Una cosa es el deseo de mantener a salvo la intimidad, lo que es muy comprensible, y otra es que nos andemos con secretos. Los secretos nunca son buenos. Al revés, son nocivos, se usan para tapar asuntos feos. ¿Por qué si no son secretos? Es mejor no tener nada que ocultar, ir con la cabeza bien alta y no esconderse.

–Pero si yo no me escondo...

–Me alegro, porque, si te soy sincero, a mí me encantaría leer lo que escribes. –Levantó la palma de la mano, hizo una pausa–. Siempre y cuando tú quieras, ¿eh?, sin presiones. Lo que te apetezca enseñarme. Sea lo que sea, no voy a juzgarte. Sé que vienes de un lugar difícil, pero ese pasado ya quedó atrás. Las cosas han cambiado, Martinita, a ver cuándo lo entiendes.

Martinita. Nadie la llamaba nunca así, salvo Padre, en situaciones como esa, y a veces el pequeño Aquilino, pero irónicamente, solo para hacerla rabiar.

En la litera de abajo, Martina abrió, quizá por última vez con la llave, su cuaderno de pájaros. Rosa, en la cama de arriba, leía un libro que Padre le había recomendado. Ella siempre seguía los consejos de Padre con una obstinación forzada, casi rabiosa. El libro no era de ficción –era difícil pensar que Padre considerara útil una ficción–, sino un manual de astronomía adaptado a su edad, diez años. Rosa pasaba las páginas con rapidez, como si la lectura le estuviera apasionando.

–Solo estás mirando los dibujos –dijo Martina–. Reconoce que te estás aburriendo.

–No.

–¿No te aburres o no lo reconoces?

–Ninguna de las dos cosas.

Rosa asomó la cabeza por el listón de la litera.

–Aunque no te lo creas, me encanta la astronomía. Sé un montón de datos de la luna y el sol y los planetas. Fijo que tú no sabes por qué nuestra galaxia tiene forma de espiral. ¿Y la Vía Láctea? ¿Por qué se llama así? ¿Lo sabes? ¿A que no?

Sin contestar, Martina arrancaba páginas de su cuaderno. Las rompía en cuatro, en ocho pedazos, que iba dejando a un lado de la cama, formando una montañita con sumo cuidado.

—¿Por qué haces eso? —preguntó Rosa.

Martina contestó falseando la voz.

—Pirqui ni quieri qui lo lian, ¿pir qui va a sir?

Rosa volvió a su lugar; tumbada boca arriba, resopló. Hacía frío pero todavía no les estaba permitido encender la estufa. Padre había dicho que antes de las ocho la electricidad era mucho más cara y que bien podían pasarse con jerséis y camisetas térmicas. No es que estuvieran mal de dinero —justo el día antes, durante la comida, Padre contó que había conseguido dos nuevos clientes para el bufete, dos adquisiciones, había dicho, muy valiosas—; era solo, como bien sabían ambas, una cuestión de austeridad y hasta de elegancia: no hay nada como el endurecimiento del cuerpo para fortalecer el alma.

Con todo, se estaba bien en la cama, en esa hora en que empezaba a anochecer pero aún no era necesario dar la luz. La penumbra daba aspecto de cueva al dormitorio, una cualidad íntima y secreta, muy del gusto de las niñas. Rosa cerró su libro y le preguntó a Martina si estaba enferma.

—¿Si estoy enferma? ¿A qué viene eso?

—¿Tienes fiebre o algo?

—No tengo nada.

—¿No te duele la cabeza? ¿O la barriga? ¿Ni siquiera *gomitas*?

—¡No me pasa nada de nada, qué pesada! ¿Por qué me lo preguntas?

Rosa le contó que había escuchado algo muy raro tras

12

la puerta. Ellos, sus padres, decían que Martina estaba infectada de algún virus y que por eso la habían adoptado, para curarla. Rosa se preguntaba, en primer lugar, si el virus era contagioso y, en segundo, si se heredaba dentro de la familia, porque después de todo ellas eran primas. Sus padres le habían dicho que la llamara hermana, no prima, del mismo modo que Martina tenía que llamarlos a ellos papá y mamá, pero a Rosa todavía le costaba hacerse a la idea. Martina llevaba allí cuatro meses. No se construye a una hermana en tan solo cuatro meses.

—Yo no tengo ningún virus —protestó Martina.

—¿Cómo puedes saberlo? Los virus son invisibles, muchas veces ni los enfermos saben que los tienen. Están ahí escondidos, comiéndote por dentro, y cuando te vienes a enterar ya no tienes pulmones ni hígados ni corazón.

—¿*Hígados,* en plural? Venga ya, solo tenemos *un* hígado. Además, los virus no se comen nada.

Muy ofendida, Rosa contó que la amiga de una amiga conocía a una niña que tenía un virus sin que nadie lo supiera. La niña se murió un buen día, de repente, y cuando fueron a enterrarla vieron que apenas pesaba porque el bicho se la había comido entera por dentro. Solo le quedaba la piel, toda tiesa, como una cáscara estirada sobre los huesos.

—¡Como una cáscara! —repitió, asomando otra vez la cabeza por la litera, los rizos cayendo sobre su cara, los ojos hundidos en la sombra. Parecía una gárgola.

Martina, que había aprendido días atrás lo que era una gárgola, se asustó un poco. Puede que Rosa estuviera exagerando, pero ¿y si era verdad que tenía un virus dentro?

Una mano asomó por la puerta y encendió el interruptor, sacándolas de la conversación. La voz de Padre, terrosa, lenta, anunció:

—A partir de hoy, vamos a pasar la tarde juntos en la sala

de estar. Mínimo dos horas cada tarde, de seis a ocho, ¿qué os parece? Las camas son para dormir, digo yo, no para estar ahí metidas a oscuras, murmurando.

Martina se giró sobre el colchón para ocultar con su cuerpo las páginas del diario que había roto. Puede que Padre –o ese hombre que ahora era su padre– se hubiese dado cuenta de la maniobra, por lo que decidió que quizá más tarde, cuando estuviera sola, tendría que comerse los pedazos, por su seguridad.

Uno de los motivos, dijo Padre, era ahorrar electricidad, no había por qué avergonzarse de decirlo, los recursos son limitados y deben usarse con mesura. Sin embargo, la causa principal, la más importante, era compartir tiempo y espacio. Casi ninguna familia lo hacía hoy día y esa frialdad, ese aislamiento, estaba trayendo consecuencias muy peligrosas para la sociedad.

–No puede ser que cada uno vaya a lo suyo, sin convivir y sin comunicarnos. ¡No olvidéis que somos una familia!

Al principio, Damián refunfuñó un poco, simulando preocupación. Con tanta gente alrededor no podría concentrarse en sus estudios, se atrevió a decir dándose importancia. Pero Madre prometió que las niñas estarían en silencio y él ya no se quejó más y hasta –diría Martina– se le vio contento. En cuanto a Aquilino, que por entonces tenía unos ocho años, era muy capaz de estar dibujando horas y horas sin abrir la boca. Hacía sus operaciones matemáticas con prodigiosa rapidez, los ejercicios de caligrafía en un suspiro, y luego dibujaba sin parar: coches, armazones de edificios, maquinarias. Era un niño muy raro; jamás dibujaba flores ni árboles ni casas de campo con ventanas redondas y perros en la puerta, como los demás niños.

14

—Silencio y respeto —dijo Madre—. Una cosa va relacionada con la otra, y esta es una buena manera de demostrarlo. Podemos estar sentados en la misma mesa, cada uno ocupado en sus asuntos, y no molestarnos lo más mínimo. Y hasta podemos compartir el material, ya que estamos tan cerca.

Estas ideas las repitió varias veces con distintas palabras. Colaboración, participación, generosidad, calma. Martina se preguntó si para defender el silencio hacía falta hablar tanto. En cuanto al material, ¿a qué se refería? Damián estudiaba, Aquilino dibujaba, Rosa leía, Martina aprendía a jugar al ajedrez con un libro, Padre repasaba expedientes y Madre cosía. ¿Qué material podían compartir? ¿La goma de borrar, las tijeras, un alfiler para clavárselo discretamente a Damián en ese culo tan gordo que tenía, a riesgo de llevarse una monumental bronca?

Martina seguía sin entender algunas cuestiones de su nueva familia. ¿Por qué los dormitorios se habían convertido, de un día para otro, en lugares prohibidos? ¿Era un castigo por algo que ella había hecho sin darse cuenta? ¿Por lo del cuaderno y el candado? Pero había más preguntas. Si Padre era un abogado tan importante, con tanto trabajo como decía tener, ¿cómo es que no iba a la oficina por las tardes? ¿Por qué no tenían televisor, como todo el mundo? ¿Por qué no podían salir a jugar a la calle con los demás niños? El día que Martina se lo preguntó a Madre, ella le dio un pellizco cariñoso en la mejilla y le explicó que, si habían tenido cuatro hijos, era precisamente para vencer la tentación de buscar distracción en la calle. Qué mejor cosa que jugar entre hermanos, dijo luego, y a Martina al principio no le salían las cuentas —Damián, Rosa y Aquilino—, hasta que entendió que el número cuatro le correspondía a ella.

Mientras se zampaba un alfil con la reina, tuvo la intuición de que todos fingían, de que nadie hacía lo que en realidad quería hacer. Damián odiaba estudiar, lo que más le gustaba era vaguear y tumbarse en la cama a leer tebeos –demasiado infantiles para su edad, según Padre–. Rosa detestaba los manuales de astronomía y de botánica como cualquier otra niña; lo que de verdad le entusiasmaba, bien lo sabía Martina, era jugar al fútbol como un niño –como un niño bestia–. En cuanto a Madre, Martina estaba convencida de que prefería rezar a coser, comer a cocinar –bastaba con que Padre se diera la vuelta para que así fuera–. Quizá los únicos que estaban en su salsa eran Aquilino y Padre. Al menos se les notaba satisfechos, cada uno con lo suyo. Y ella, Martina, bueno, ella lo único que deseaba era lo imposible, aunque ni siquiera supiera definir ese imposible. No, desde luego, pasar las tardes en esa salita, con su mesa camilla, las seis sillas rígidas y el sofá tapizado con tapetes de croché, los cuadros de punto de cruz –naranjas y manzanas–, la estantería con los tomos de la enciclopedia Salvat en perfecto orden –si sacaban uno tenían que devolverlo luego a su exacto lugar–, y ella, Martina, con el tablero de ajedrez y el libro abierto aprendiendo aperturas y jugadas, enroque, jaque mate, defensa siciliana. Todos callaban y parecían conformes y solo a Martina se le escapaba un suspiro de vez en cuando, tan inapropiado como un pedo.

–¿Cómo es que no te has traído tu diario? –preguntó Padre levantando la vista de sus documentos.

Martina se sobresaltó.

–No es un diario. Es un cuaderno donde anoto cosas.

–Buena precisión: no es lo mismo un diario que un cuaderno. Así me gusta, Martina, que hables con propiedad. Te pregunto de nuevo: ¿cómo es que no te has traído tu cuaderno?

–No se me ocurre nada que escribir.

–Pero antes se te ocurrían muchas cosas, ¿no?

Martina se rascó la cabeza a la espera de una buena respuesta que no llegó. A cambio, le salió la pregunta más tonta, la más inconveniente.

–¿Quieres que vuelva a escribir?

–Me gustaría mucho, sí. Si antes lo hacías a solas, no me parece que ahora no puedas hacerlo porque estemos juntos. Mira a Damián. Estudia como el que más sin desconcentrarse. Mira a Rosa, cómo lee; mira qué dibujos tan impresionantes hace Aquilino. Si ellos pueden dedicarse a sus tareas, tú también, ¿no? No es muy normal que te pases toda la tarde jugando sola al ajedrez.

–Ya.

Martina se levantó y fue a buscar su cuaderno con candado inservible. Bajo la atenta mirada de los demás, abrió el estuche, escogió un lápiz, comenzó a afilarle la punta con esmero. Padre la detuvo, sonriente.

–Nunca escribas con lápiz. Es una ordinariez.

Lo dijo con tanta amabilidad que era imposible preguntar a qué tipo de ordinariez se refería. En el colegio, Martina había aprendido que *ordinario* podía ser sinónimo de *normal,* pero había también otros significados, otros peores, a los que posiblemente aludía Padre. ¿Ordinario como eructar en la mesa, sacarse un moco o rascarse el pepe? Dejó el lápiz a un lado y buscó un bolígrafo bic, uno azul.

–¿Este vale?

–A ver... –Padre cogió el estuche, lo vació sobre la mesa, rebuscó–. Este mejor.

Era un rotulador negro, de punta fina.

–Pero este es para dibujo técnico.

–¿Ah, sí? ¿Quién lo dice? Yo creo que puede ser para lo que tú quieras que sea.

Cansada de objeciones, Martina no discutió más. Cogió el rotulador y se dispuso a escribir, pero se dio cuenta de que, en efecto, no se le ocurría nada, nada en absoluto. Miró alrededor en busca de una iluminación. Las cortinas estaban inmóviles. El aire estaba inmóvil. No había un solo movimiento alrededor, ni un solo sonido, salvo el rasgueo de los lápices de Aquilino y el rumor de los coches en la calle, amortiguado por la doble cristalera.

Ahora, por las tardes, nos reunimos en la sala de estar.

–Fantástico –dijo Padre–. Esas dos comas de la acotación: *por las tardes.* Te felicito, Martina. Continúa.

No era fácil con él mirando por encima del hombro.

La sala es pequeña pero muy cómoda. Cabemos todos a la perfección. Solo hace falta encender el brasero para que la familia se ponga caliente.

–Mmm... No. Escríbelo de otro modo.

–¿El qué?

–Lo último. Lo de que la familia *se pone caliente.*

–¿Por qué?

–Porque no suena bien. Es ordinario.

–¿Cómo lo escribo entonces?

–Martina, Martina, eso tienes que decidirlo tú.

Pero ella ya lo había decidido: justo tal como lo había puesto antes. ¿Dónde estaba el error? Tachó y probó. *Con un solo brasero nos calentamos todos.*

–Mucho mejor. Pero cuidado. Ahora has puesto *todos* dos veces muy seguidas. *Cabemos todos* y nos *calentamos todos.* Corrígelo.

Peligrosamente, aquello se estaba convirtiendo en una clase de redacción. Martina se quedó paralizada, no supo cómo seguir. En eso se había transformado ahora su preciado diario, con todas aquellas páginas complicadas, profundas y aventureras arrancadas, metidas en el bolsillo interior de la mochila porque no había tenido el valor de comérselas: en un triste cuaderno para hacer redacciones escolares.

–Hoy no estoy inspirada. Mejor sigo jugando al ajedrez, ¿vale?

–¿Inspirada, dices? Yo no creo en la inspiración.

Se quitó las gafas para mirarla con más intensidad.

–Yo creo en el trabajo.

A Martina le subió un extraño calor por el cuello, se quedó sin respuesta, tosió para contrarrestar la mudez. Volvió a su cuaderno, estuvo garabateando frases sin gracia con el rotulador negro de dibujo técnico, banalidades que debían de ser muy correctas, porque Padre no la corrigió más e incluso le dio un beso en la cabeza como felicitación. Muy bien, *Martinita*.

Lo del silencio era relativo. Con el paso de los días, las normas se fueron relajando, o al menos se relajaron para unos más que para otros. Cuando se sentaban, Padre solía explicar lo que estaba haciendo. No se dirigía solo a Madre, sino a todos, incluido el pequeño Aquilino, que detenía su dibujo en mitad de un trazo y simulaba escucharlo con atención. Decía cosas como:

–Estoy analizando el caso de un pobre hombre que ha sido condenado a tres años de cárcel por robar una máquina de coser para su esposa. Queremos presentar un recurso. No es lo mismo robar un reloj de oro que una herramienta de trabajo, eso deberíamos tenerlo todos claro, igual que no es lo mismo cazar un lince que un conejo.

Y explicaba las particularidades de aquel caso.

En ocasiones, lo que hacía era criticar, subrepticiamente, a algún compañero del bufete.

–Copia mis argumentos. Yo le dije: chico, aprovéchate

19

de mi trabajo si te es útil, por mí no hay problema, pero él se molestó muchísimo y aseguró que jamás había mirado ni un solo papel mío. En fin, me da pena porque no es más que un mediocre que teme que lo echen. Así que, para ayudarlo, dejo los expedientes a la vista y no le digo nada.

–Pues deberías decírselo. Lo cortés no quita lo valiente –intervino Madre.

–No, no, qué tiene que ver eso, déjate de refranes. –Padre odiaba los refranes.

Otras veces le pedía a Rosa que resumiera lo que estaba leyendo o a Damián que explicara lo que estaba estudiando. Damián entraría en el bachillerato el año siguiente, pero ya había empezado a prepararse porque es mejor prevenir que curar, aunque aquello tampoco podía decirse puesto que era un refrán. Por su parte, Madre enumeraba los nutrientes y propiedades de la cena que prepararía después y Padre la corregía cariñosamente si cometía alguna imprecisión. Martina intentaba contagiarse de ese espíritu colectivo, pero no le salía. Miraba todo desde un ladito –desde el ladito oscuro– y le bullían las tripas por un motivo que nada tenía que ver con el hambre, aunque, en cierto modo, se le parecía.

Martina acababa de cumplir once años. Quizá el virus ya estaba tan extendido en su organismo que era imposible extirparlo por completo. Quizá Rosa tenía razón y ya se la había comido entera por dentro.

La costumbre de reunirse por las tardes no duró mucho. Martina no recuerda por qué dejaron de hacerlo, ni siquiera si de verdad terminó adquiriendo el carácter de costumbre. ¿Cuánto tiempo estuvieron así? ¿Días, semanas, meses? No, desde luego, más allá de ese invierno: en su memoria permanece la falda de la mesa camilla –jugaba con el tejido de terciopelo, pasando su mano al derecho y al revés–, el brasero que los mantenía a todos bien calientes –se pudiera escribir así o no– y el cielo oscureciéndose a las seis de la tarde, tras la ventana con los cristales limpísimos y los geranios rojos anticipando ya la primavera.

Todo tiene valor por insignificante que parezca, leyó una vez en su *Viaje al reino del ajedrez.* Si en el tablero solo quedan los dos reyes y un peón, decía el libro, ¿cuál será el destino de ese peón? ¿Logrará avanzar y convertirse en una flamante dama? A continuación se ofrecían dos respuestas. La falsa: «Según y cómo, unas veces se logra y otras no, y no se puede saber el porqué.» La verdadera: «Claro que se sabe, siempre y cuando se siga la teoría es muy sencillo de lograr, basta con conocer las posiciones ganadoras y encaminar el juego hacia alguna de ellas.» Martina se fijó en los diagramas, colocó las piezas en las posiciones críticas descritas, se armó de paciencia, pero no entendió el mecanismo de la infalibilidad. Unas veces se logra y otras no le parecía una respuesta más coherente con su propia experiencia, más verdadera.

En cuanto al virus... Martina escribió en su cuaderno y se lo dio a leer a Padre para que revisara la redacción.

Un virus puede heredarse de los padres y aunque se cambie de padres el virus sigue ahí dentro sin morirse. El virus del sida por ejemplo lo tiene la madre y se lo pasa al hijo en el embarazo. El niño no tiene culpa de nada pero nace con un virus que se lo come por dentro.

Padre tachó la palabra *culpa,* que no procedía, y colocó varias comas que faltaban. Luego le preguntó de dónde había sacado la extraña idea de que los virus se comen a la gente por dentro y, sobre todo, de dónde había sacado lo del sida.

–Del colegio –dijo Martina.

Era verdad. No hacía mucho les habían dado una charla sobre el sida; desde entonces era pensar en virus y, de inmediato, venir a continuación esa palabra, *sida*. Martina también conocía el virus de la gripe, pero sabía que este no se pasa de madres a hijos, sino con estornudos y mocos, entre cualquiera.

Padre se limitó a explicar de manera impersonal algunas cosas sobre el funcionamiento de los virus. Para que haya contagio, dijo, es necesario el contacto directo entre la persona enferma y la persona sana, por lo que no siempre es una cuestión de lazos familiares. Habló de propagación, de inmunidad y vacunas, dibujó un círculo con pequeñas ventosas y dos ojos. Pero no hizo ni una sola mención a Martina o a la posibilidad de que alguien de su familia –de su antigua familia– hubiese estado infectado en el pasado con un virus.

Claramente, Padre no recordaba la conversación que Rosa le había contado, o no se daba por aludido. Tal vez esa conversación no se había producido y Rosa la imaginó solo para tomarle el pelo a Martina. O quizá sí ocurrió, y lo que Rosa creyó de forma literal, a pie juntillas, era una metáfora, una metáfora que Padre ahora había olvidado, aunque ¿una metáfora de qué?

Con el cuaderno en la mano, pensativa, Martina se arriesgó a preguntar.

–Papá, ¿en nuestra familia hay secretos?

–¡Por supuesto que no!

–Entonces, si yo tuviese un virus y no lo supiera, ¿me lo diríais?

–¿Qué tontería es esa?

–Una tontería que se me ha ocurrido.

–No tienes ningún virus.

–Pero, si lo tuviera, ¿me lo diríais?

Padre se frotó el entrecejo.

–Martinita, no sé de qué estás hablando ni por qué das tantos rodeos. Puedes preguntarme lo que quieras, no hace falta que te inventes la artimaña del virus.

Martina no sabía qué era una artimaña, pero sí que había dado un paso en falso y que ya era irremediable dar los siguientes, aun a riesgo de tropezar y caer.

–No me he inventado ninguna *artiñaña*. Lo del virus me lo contó Rosa.

–¿Rosa te contó qué?

–Ella escuchó que la tía y tú... digo, que mamá y tú... decíais que tengo un virus.

–Rosa es muy novelera, no deberías hacer caso de lo que diga. Pero tú ¿qué es lo que quieres saber exactamente?

–No quiero saber nada. Solo lo del virus.

–Pues entonces es fácil: no tienes ningún virus. ¿Nada más?

–No.

–¿Seguro? ¿Seguro que no quieres saber nada más?

¿Seguro? Martina quería saberlo todo, pero, a pesar de su edad, ya intuía que la verdad, dicha por ciertas bocas, es imposible de alcanzar. ¿Quería saber las cosas a través de la boca de Padre? ¿Cosas secretas? ¿Cosas *ordinarias?* Padre esperaba con los brazos cruzados, observándola por encima de las gafas, insistiendo en que si quería saber algo lo preguntase directamente, pues en aquella familia no había secretos y se podía hablar con franqueza.

Martina parpadeó muy rápido, sonrió amedrentada.

–Perdón –dijo.

–¿Perdón por qué?

No supo responder, pero era cierto: necesitaba que la perdonara, aunque no entendiera por qué error o pecado. Padre debió de compadecerse al verla tan consternada. Descruzó los brazos, dio dos pasos hacia ella y esperó a que la niña, por sí misma, y como era natural, lo abrazara.

UÑA Y CARNE

Rosa caminaba por el pasillo atestado de chicos. Los de tercer ciclo nunca respetaban la prohibición de salir del aula entre clase y clase y ella, desde luego, no iba a ser quien velara por el cumplimiento de la norma: ¡eran niños de diez, de once años! Qué crueldad limitar sus movimientos, pensaba, ese régimen carcelario que, más que aplacarlos, despertaba su rebeldía. Rosa era todavía inexperta, una maestra primeriza que no consideraba a los niños como enemigos, aunque tampoco tuviera clara la alternativa.

De camino a la sala de profesores se cruzó con Camille, el conserje.

–Te ha llamado antes uno por teléfono. Le he dicho que estabas en clase. Dice que volverá a llamar a la hora del recreo.

Por la expresión de Camille –los ojillos maliciosos y los mofletes moviéndose arriba y abajo, como rumiando–, Rosa se quedó intrigada. Lo paró.

–¿Quién era?

–Yo qué sé quién era. Preguntó por ti. Dijo: ¿en ese colegio trabaja una chica que se llama Rosa? Sí, le dije. ¿Puede ponerse?, me dijo. No, no puede, le dije. ¿Por qué?, me dijo. Porque está en clase, le dije. ¿A qué hora puedo encontrarla?, me dijo...

—Vale, vale, Camille. Lo que quiero saber es si no te explicó nada más. Para qué llamaba o algo así.

—No, nada. Que lo intentará otra vez a la hora del recreo.

Rosa le dio las gracias, entró en la sala de profesores, cogió la carpeta que necesitaba para la siguiente clase y se olvidó de la conversación.

Durante el recreo, si no le tocaba guardia, se quedaba en la sala de profesores tomando café de máquina y hojeando el periódico. Si pudiera estudiar, estudiaría —su puesto en ese colegio era solo de interina, aún debía aprobar las oposiciones—, pero había demasiado ruido alrededor, charlas ajenas en las que no se sentía con el derecho a participar. Leía titulares y observaba de reojo las taquillas, lo que sus compañeros soltaban, lo que cogían, todos aquellos pequeños objetos brillantes y enigmáticos, con la misma curiosidad y atención con que los miraría un cuervo.

Camille asomó la cabeza por la puerta y la llamó.

—¡Teléfono!

Menudo incordio, pensó Rosa. Quienquiera que fuese, ¿por qué no la llamaba al móvil?

En la conserjería, Camille se acomodó cerca de ella, fingiéndose muy atareado. Agrupaba fotocopias y las grapaba con una rapidez enérgica, murmurando para sí y meneando mucho la cabeza. Rosa agarró el teléfono, se dio la vuelta buscando intimidad.

—¿Quién es?

—¿Rosa?

—Sí, soy yo. ¿Quién es?

—Ehhhh, tú no me conoces. Yo sí sé quién eres tú, te conozco muy bien, pero tú, bueno, tú no sabes quién soy, no puedes saberlo.

26

La voz sonaba hosca y nerviosa. Rosa trató de identificarla sin éxito. El hombre a quien pertenecía siguió enredándose en imprecisas explicaciones.

–Yo... Me llamo Antonio y, en fin, qué más da mi nombre si no sabes quién soy. Pero yo sí te conozco, busqué tu nombre en internet, tu nombre y apellidos, y me salió que trabajas en ese colegio, por eso te estoy llamando, porque necesito hablar contigo.

Parecía impaciente, como si fuese ella quien le hubiera llamado a él, importunándole, y no al revés. Rosa quiso cortarle, tomar el control de la conversación, pero no era fácil coger el relevo. Él continuaba hablando, presentándose misteriosamente, paso a paso, sin dar tregua. Solo cuando ella insistió, tras muchos preámbulos, se identificó como el marido de Paqui.

–¿Paqui? ¿Qué Paqui?

–Paqui Carmona. ¿No conoces a Paqui Carmona? ¿De verdad no te acuerdas de Paqui Carmona?

Paqui Carmona. Había sido compañera suya en la facultad el primer año, una especie de amiga de una lealtad perruna que siempre se sentaba a su lado en las clases. Cuando Rosa cambió de carrera, mantuvieron el contacto un par de años más, de forma intermitente, hasta que dejaron de verse por completo. Los recuerdos de Rosa eran muy borrosos. Paqui era una chica que cultivaba una actitud de segundona, escabulléndose de la primera fila a conciencia. Ingenua, apocada, no causaba problemas a nadie. Rosa se había apoyado en ella al principio. Después, cuando cogió impulso, ya no le hizo falta para nada.

–Sí, claro que me acuerdo –dijo.

–Ah, menos mal, me parecería terrible que la hubieses olvidado porque, ¿sabes?, ella no te ha olvidado a ti.

No, Paqui no se había olvidado de ella, repitió el tal

Antonio elevando el volumen de su voz. De hecho, dijo, se había estado acordando a diario y cuando decía *a diario* no era una forma de hablar, sino una realidad: *todos y cada uno de los días de todos aquellos años.* ¿Se había acordado ella, Rosa, con tanta frecuencia de su amiga?

–Hombre, claro que me he acordado. En primero éramos uña y carne.

Uña y carne. Sí, eso tenía él entendido, que eran íntimas. Sin embargo, cuando Rosa se fue de la facultad, dejó de llamarla. Paqui la telefoneaba y ella, Rosa, no le devolvía las llamadas. Empezó a darle largas, a despreciarla. La abandonó. No se imaginaba cuánto daño le había hecho con aquella actitud. Por su culpa, ahora, Paqui sufría a diario, y cuando decía *a diario,* etc.

–Pero... Yo no sabía nada de esto.

–¿No sabías o no querías saber? Paqui estuvo con depresión un par de años, ¿tampoco sabías eso? Ni siquiera se levantaba de la cama, perdió un montón de peso, enfermó de otras cosas porque la depresión siempre lleva a otras cosas. ¿Qué tipo de amiga eres tú que ni siquiera te dignaste a ir a verla?

Era una herida muy honda la que llevaba dentro, continuó, tan dolorosa que se echaba a llorar cada vez que se acordaba. Él le había aconsejado que se olvidara de Rosa, pero ella no era capaz, lo vivía como quien vive un trauma de la infancia, sin poder superarlo. A él le costaba comprender cómo, en todos esos años, Rosa no había sacado un rato, un miserable rato, para verla o para llamarla. Le costaba entender esa traición, esa deslealtad. Pero en fin, había ocurrido así y ya no se podía cambiar. Lo que sí podía hacer ahora Rosa era equilibrar un poco la balanza. Lo que para ella no suponía nada, para Paqui quizá fuera la solución a su depresión.

—¿Todavía está deprimida?

—¡Pues claro que está deprimida! ¡Como para no estarlo!

—Pero antes dijiste que... Dijiste que fueron un par de años.

—No. No, no, no y no. Nunca ha salido del todo del pozo. Nunca. A veces tiene rachas mejores, otras peores. Justo ahora está pasando por una mala racha. Por eso te estoy llamando. ¿O crees que para mí es fácil llamarte? ¿Crees que no me resulta humillante? No lo hago por gusto, que lo sepas. Pero tienes que retomar el contacto con ella. Aunque sea una sola vez, al menos por un rato. Para ella sería un regalo maravilloso que le dedicases un poco de atención.

Confundida, Rosa prometió que la llamaría en cuanto pudiera y le pidió un número donde poder hacerlo.

—¡No! ¡No entiendes nada! Si te doy su móvil o el número de teléfono que tenemos ahora en casa, ella comprenderá que la llamas porque yo te lo he pedido. Y eso sería contraproducente.

—Vale, ¿pero entonces cómo lo hago?

—A ver, piensa un poco. Cuando os conocisteis, ella no tenía móvil y tú tampoco, ¿no? Os llamabais a casa de vuestros respectivos padres, ¿verdad? Pues ahora igual.

—No lo pillo.

—¿Cómo que no lo pillas? ¿No se supone que eres profesora? ¿Y que los profesores sois muy listos? Pues tú muy lista no pareces... Escucha. Tienes que llamarla a casa de sus padres, como cuando erais estudiantes, y actuar como si te hubieses acordado de ella tú solita, no porque yo te lo haya dicho. Llama a sus padres y que ellos te den el contacto.

—Vale.

—Ah, e invéntate una excusa que justifique por qué durante tanto tiempo has estado en silencio. Algo que le sirva a ella de explicación o de consuelo, ¿entiendes?

–Sí.

–Te repito entonces las instrucciones: llamas al número de sus padres, preguntas por ella y a mí no me nombras para nada. Pero para nada, ¿eh? Espero que te quede bien clarito.

Instrucciones, pensó Rosa. Le latían las sienes y las manos le temblaban, pero aseguró que sí, que todo le quedaba clarísimo. Luego pidió que le recordara el teléfono de los padres y él volvió a alzar la voz.

–¡Vaya! ¡Como imaginaba! ¡Lo has perdido!

A tientas, Rosa buscó un papel donde apuntarlo –él ya se lo estaba dictando, cifra a cifra, muy despacio, como se les dicta a los niños o a los viejos–. Intrigado, divertido, Camille le pasó un post-it. Por su mirada pícara, era como si hubiese escuchado toda la conversación.

–Uf, qué loca está la gente –dijo ella al colgar, disimulando.

El cubículo de la conserjería se había hecho más estrecho, más claustrofóbico. Salió de allí conmocionada, molesta y sintiéndose profundamente culpable.

Al día siguiente, Camille interrumpió su clase para avisarla.

–Es ese tío otra vez –dijo.

Aunque Rosa no le había contado nada, el tono de Camille daba a entender que podía echarle una mano si lo necesitaba. Tenía los brazos cruzados, la mandíbula alzada y arrogante, pero el mismo aspecto cómico de siempre, nadie a quien poder tomar en serio.

Rosa pidió a sus alumnos que continuaran con los ejercicios. Todos siguen el mismo patrón, les dijo, son muy fáciles, quitáis los paréntesis y despejáis la incógnita. Salió al pasillo cerrando la puerta tras ella.

—¿Qué te ha dicho?

Camille abrió mucho los ojos, dramatizando.

—Me dejó un recado, pero no sé si lo he entendido bien.

—¿Qué recado?

—Que te insistiera en que llames ya *a donde tú sabes*. Y que, si no lo haces, te lo va a recordar a diario, para que no te olvides. Luego dijo que *a diario* no era una forma de hablar. Que llamaría cada día y que...

—Vale, vale. —Rosa no sabía cómo justificar todo ese disparate.

—Suena a amenaza, ¿no? ¿No crees que deberías avisar a la policía?

—No, no, de ninguna manera. Ya lo arreglo yo sola.

—¿Estás segura, niña? Mira que hablaba muy raro. Daba escalofríos oírle.

—No, de verdad. Y no me llames niña.

Decepcionado, Camille se dio la vuelta.

—Como veas. Pero este tipo de cosas hay que denunciarlas. Después pasa lo que pasa.

Este tipo de cosas... Pasa lo que pasa... ¿Qué estaba imaginando Camille? Quizá sería mejor que le diera alguna explicación. No quería alimentar habladurías y, en vista de la gran inventiva que parecía tener, mejor no darle alas. Entró en el aula, aplacó el jaleo que se había formado en su ausencia. Pero ¿cómo resolver ahora ecuaciones, cuando había otra incógnita mayor por resolver? Dio tiempo libre a los niños. Aunque solo quedaban diez minutos para que sonara el timbre, lo celebraron con un gran aplauso.

Rosa se puso a pensar. Si no había llamado a Paqui todavía era porque decidió seguir el consejo de Martina, su hermana. En esa época solían telefonearse por la noche, después de que Rosa acostara a la niña. Cuando le contó lo de Paqui, Martina se mostró muy tajante. Que ni se le ocurriera seguirle el juego a ese loco, le dijo. ¿Cómo sabes que lo que te dice es verdad? No es normal acosar de esa forma a una persona a quien no se conoce de nada, aludiendo a una historia absurda que además había ocurrido ¿cuándo? ¿Hacía diez años?

–Ocho –dijo Rosa.

Lo mismo daba, diez u ocho, demasiado tiempo para que una supuesta amiga estuviera obsesionada con ella. Martina no se fiaba ni un pelo. Ni de ella ni de él. Menudo matrimonio, dijo. Que se olvidara del asunto. Si volvía a llamarla, que lo mandara a tomar fresco. O, mejor aún, que no lo atendiera. Que avisara al conserje para que le diese largas.

–No creo que llame más –dijo Rosa–. Se le notaba incómodo hablando conmigo.

Pero se equivocaba. ¿Qué debía hacer ahora? ¿Confiar en las advertencias de Martina y avisar a Camille para que la ayudara a quitarse de encima a aquel perturbado? ¿O acceder a sus peticiones y así calmarlo antes de que la cosa empeorase? La noche anterior, tras hablar con Martina, la sensación de culpabilidad se había disipado, pero ahora, de repente, estaba creciendo otra vez, recordándole que era una mala persona. ¿De verdad le costaba tanto hacer una llamada, darle una alegría a su antigua amiga? Puede que la petición de su marido no fuese muy normal, pero ¿acaso era ella la adalid de la normalidad? Paqui siempre fue una chica frágil, tal vez cargaba con problemas que le costaba compartir. Quizá era cierto que Rosa no se había portado bien con ella, que se desentendió muy rápido, dejándola a la deriva a las primeras de cambio. Por incómodo que resultara admitirlo, era verdad que la había utilizado y que, cuando dejó de serle conveniente, se olvidó de ella. Es posible que su marido, ese tal Antonio, se estuviese comportando con torpeza, exageración e incluso con violencia, pero las motivaciones que le movían a actuar así eran loables, debía de querer mucho a Paqui y se preocupaba por ella –se preocupaba tanto, de hecho, que iba a estar insistiendo *día tras día* hasta que Rosa moviera ficha–. Sí, Rosa determinó que lo conveniente era hacerle caso, cumplir con lo prometido y aflojar cuanto antes la tensión. Cuando al acabar la clase se cruzó con Camille y su expresión curiosa –las ganas de preguntar despuntando en cada uno de sus gestos–, decidió que no le daría la carnaza que estaba deseando.

Esa tarde, se dijo, llamaría sin falta a Paqui. O, mejor dicho, a casa de sus padres, fingiendo haberse acordado espontáneamente de ella, según las precisas instrucciones recibidas.

La madre se puso muy contenta al oírla. Se acordaba a la perfección de Rosa, ¡por supuesto! ¿Qué había sido de ella en todos esos años? ¿Cómo le iba? ¿Había encontrado trabajo? ¿Estaba casada, tenía hijos? Rosa recordó vagamente a esa mujer. Había ido varias veces a casa de Paqui, en una ocasión incluso se quedó a dormir. Era una casa grande en las afueras, destartalada, llena de gente que entraba y salía todo el tiempo, primas, tías, amigas, un montón de mujeres de todo tipo que cotilleaban, cocinaban y cosían en grupo. El único hombre que ella recuerda allí era el padre de Paqui, un señor taciturno y enjuto que se mantenía aparte, hablando tan bajito que apenas se le entendía. Además, en la casa vivían una abuela sorda, con el pelo larguísimo y amarillento, que se sentaba muy tiesa en su butaca de bambú, y otra hermana más pequeña, todavía una niña. Encerradas en su habitación, Paqui le había enseñado sus tesoros: una colección de la revista *Vogue* que incluía ejemplares muy antiguos

—¿de los años cuarenta, cincuenta?–, un baúl lleno hasta los topes de disfraces, trajes inservibles, retales de toda variedad de tejidos –seda, moaré, popelín–, muchos de ellos con aspecto lujoso, bordados y lentejuelas, un costurero de mimbre con bobinas de todos los colores, un alfiletero con forma de tomate, una caja de lata repleta de botones grandes y pequeños, sencillos y sofisticados, de madera, de plástico, de nácar y de carey. Un precioso gato persa se paseaba entre todo aquello serpenteando con elegancia. Tumbado en su cojín de terciopelo, las observaba majestuosamente. A ella fue lo único que de verdad le interesó: aquel enorme gato tan ceremonioso, tan seguro de sí mismo.

Para rescatar de la memoria todos esos detalles, Rosa había tenido que esforzarse, sacándolos uno a uno del pasado. Pero dudó de la precisión de sus recuerdos, incluso de su veracidad. Quizá al evocar la atmósfera de aquella casa –más excéntrica que alegre, más inquietante que confortable– se la estaba inventando. Es posible que Rosa envidiara la actividad bulliciosa, la aparente falta de responsabilidades, el caos como un reverso apetecible de su propia familia, donde las reglamentaciones, el orden, la limpieza y la disciplina resultaban tan indiscutibles como asfixiantes. Allí todo el mundo hablaba por los codos, discutía, se interpelaba, se llamaba a gritos a la hora de comer, maldecía y blasfemaba, mientras que en su casa había que medir cada palabra, sorteando con cautela montones de restricciones. El contraste debió de impresionar a Rosa, aunque, por aquel entonces, en cualquier sitio donde mirara encontraba contrastes.

Ahora, en cambio, se preguntaba por otro tipo de contraste: el que se establecía entre la familia de Paqui –expansiva, sociable, exuberante– y la misma Paqui –retraída, insignificante en un primer vistazo–. ¿Cómo no se dio cuenta antes de esa contradicción? Ensimismada en sus propios problemas, Rosa no era entonces muy sagaz. Para ella Paqui era solo una chica más, una que, en un momento dado, en público, podía hasta avergonzarla un poco. Aunque su interés por la ropa hacía que vistiera con cierta osadía, la suya no era una osadía provocativa, sino mucho más refinada, difícil de apreciar por sus compañeros de clase, que debían de reírse de su aspecto de dama victoriana o de doncella mística, con sus suaves blusas de encaje, los amplios kimonos de satén y el pelo suelto, con raya en medio, que caía hacia los lados desde los hombros hasta la cintura. Paqui era una rara, pero una rara inofensiva a la que, una vez mirada, ya no merecía la pena mirar más. El primer día se sentó al lado de Rosa, que también estaba sola, y conversaron; el segundo día, cuando Rosa llegó, ya le había reservado el sitio contiguo. Se hizo costumbre sentarse juntas, desayunar juntas, compartir el camino hasta la parada del autobús, hacerse —más o menos— confidencias. Aunque con el resto de las personas Paqui era muy callada, con Rosa hablaba sin parar, contándole enrevesadas historias de amores, encuentros azarosos, amenazas, predicciones y accidentes. Pero no era una buena narradora. Aburría. Cuando se enredaba en alguna de sus historias, a Rosa la cabeza se le iba a otro lado. Lo que Paqui contaba siempre sonaba fantasioso e incoherente, como si se lo estuviera inventando sobre la marcha.

Tampoco era una buena estudiante, aunque sí perseverante y trabajadora. Tomaba apuntes a gran velocidad con caligrafía torcida y delicada, recogiendo voluntariosamente y sin abreviaturas cada palabra, cada vacilación, todos los rodeos y matizaciones de los profesores, hasta los más mínimos, alternando el color de los bolígrafos según un complejo método de identificación de párrafos. Rosa, menos preocupada por los detalles, solo tomaba notas sueltas, cuyo sentido a menudo olvidaba después. Lo que producía Paqui en una sola clase –folios y más folios de apuntes–, Rosa lo resumía en una cuartilla críptica y apretada.

A mediados de curso, más o menos, Rosa supo que no quería seguir estudiando en aquella facultad. Había escogido psicología por descarte, porque algo tenía que escoger, y por un vago y mal encauzado interés en la mente humana, pero allí todo sonaba artificial e insignificante y el ambiente –niñas bien con carpetitas apretadas al pecho que aspiraban a montar una consulta *para ayudar a los demás*– le deprimía. Comenzó a faltar a clase. Había conocido a un chico de otra carrera; como apenas podía escaparse en otros horarios, aprovechaba las mañanas para verlo. Al principio faltaba solo un par de horas, pero no tardó en faltar días enteros. El chico consiguió la llave de un piso familiar deshabitado; iban allí a hacer el amor hasta extenuarse. Paqui cruzaba los dedos con emoción cuando ella le explicaba a qué se dedicaba durante su ausencia, le brillaban los ojos de éxtasis solo de escucharla. Se adaptó tanto a su papel de confidente que empezó a vivir la vida de Rosa a través de su amiga –el súbito enamoramiento, las duras revelaciones posteriores, la decepción final–, basándose en lo que ella le desvelaba cuando aparecía por la facultad. Se ofreció a pasarle los apuntes, sus preciados apuntes, sin pedir nada a cambio. Para Rosa resultaron muy útiles porque, al leerlos, era como si estuviese asistiendo a la clase completa. Gracias a esos apuntes, y a pesar de su absentismo, Rosa aprobó todos los exámenes con buena nota. Aun sabiendo que sus padres iban a montar un drama cuando anunciase que quería abandonar la carrera, era indispensable que no achacaran su decisión a la falta de estudio o de capacidad. Su padre no toleraba a los perezosos ni a los torpes. Argumentando, con el boletín de notas lleno de éxitos, la razón de su deserción, quizá lograra contener un par de grados su desprecio.

36

Por su parte, Paqui no consiguió tan buenas notas como Rosa, pero esa diferencia no la desalentó lo más mínimo. Más bien al revés, se sentía feliz de haber ayudado a Rosa a tener su aventura y salvar el curso al mismo tiempo.

—Paqui ya no vive aquí, ¡la echamos tanto de menos! —dijo su madre—. ¿Quieres que te pase su número de móvil?

—Sí, claro, su móvil. —Rosa lo anotó con cuidado.

—Se va a poner contentísima cuando la llames. Siempre hablaba maravillas de ti. Te tenía todo el tiempo en la boca. ¡Qué alegría más grande saber que estás bien! ¡Y ya eres madre y todo! ¡Qué maravilla!

Tras despedirse tratando de corresponder a ese entusiasmo, Rosa colgó con el pecho encogido. Dios, ¿cómo podía haberse olvidado de esa gente?

Si se sorprendió al escucharla, no fue una sorpresa excesiva, no desde luego como la de su madre. ¿Quizá, después de todo, su marido se lo había anticipado? Tampoco notó una alegría particular en su voz —dados los antecedentes, Rosa había esperado algo más... efusivo—, aunque sí una atención dulce y sincera. Claro que le gustaría tomar algo con ella, dijo, ¡hacía tanto tiempo! Tenía libres todas las tardes, menos la del lunes. Rosa igual, menos la del martes. Quedaron en verse el miércoles siguiente, en una tetería del centro. El lugar lo propuso Rosa, que recordó lo aficionada que era Paqui a las infusiones. Todavía quedaban unos días en los que, como era de prever, las llamadas del impetuoso Antonio cesaron. Camille la informaba cada vez que se cruzaba con ella:

—Hoy no llamó.

O:

—Hoy tampoco.

Y también, con la sonrisa ladeada:

–Niña, ¿qué hiciste para que dejase de llamar? ¿Aceptaste el chantaje?

Chantaje era la misma palabra que había utilizado Martina, la sensata y siempre moderada Martina. Cómo no, también ella le había preguntado en qué acabó la historia y si aquel *chiflado* –como lo había calificado– la dejó de *acosar*. Rosa mintió para tranquilizarla. Se arrepentía de haberle contado aquella historia. Cuando le habló de Paqui, hizo de ella un retrato de trazo grueso, caricaturesco y hasta ofensivo –la típica chica sosa sin dos dedos de frente...–. Ahora se avergonzaba de haberla despachado de ese modo. Había asuntos en el pasado de Rosa –cosas problemáticas, de textura vidriosa– que era mejor no revelar. ¿Para qué? Nadie, ni siquiera Martina, iba a entenderla.

El día de la cita le dejó la niña inventándose una excusa y se encaminó a la tetería llena de raros pensamientos. Por la mañana había amanecido brumoso, las calles envueltas en un halo fantasmagórico, pero, siguiendo a rajatabla el refrán que odiaría su padre –*mañanita de niebla, tarde de paseo*–, el sol brillaba ahora con audacia. Qué diferencia, pensó Rosa, entre la claridad del aire, los colores tan puros y su corazón desorientado. Encontrarse con Paqui iba a ser recuperar también una parte de sí misma, de su pasado, que desconocía. El poder que había tenido sobre su amiga, sin ser consciente. Qué tontería, pensó. Pero, por mucho que tratara de contener su vanidad, se le escapaban algunos flecos al evocar lo que aquel hombre extraño le había revelado por teléfono: lo que para ella no era nada, para Paqui podría suponer mucho. Sentía la vergüenza autocomplaciente de la caridad, ese impulso que, en el fondo, también le repugnaba.

La tetería era pequeña y acogedora. A Rosa le gustaba

porque solían poner música étnica, dejaban entrar perros y la gente conversaba en voz baja. Había tapices colgados en las paredes y anchos cojines para sentarse en el suelo: no se le ocurría mejor escenario para un reencuentro. Con la mirada recorrió el espacio buscando dónde ir, hasta que descubrió que Paqui ya estaba allí, sentada muy derecha en una mesa al fondo. Tenía los ojos clavados en ella pero el gesto fijo, serio, como enfadado. ¿No la reconocía? ¿O tal vez ni siquiera la estaba viendo, por llegar ella desde la luz hacia la sombra? Durante un segundo, o quizá solo medio segundo, fue como si la música dejara de sonar y hasta la misma Paqui dejara de estar viva. Parecía un maniquí colocado en su silla, un señuelo, una trampa. Rosa se detuvo un instante creyendo que se había confundido de persona, dudó y hasta pensó en dar la vuelta. Pero no: era Paqui quien al fin se levantó, quien, acercándose, la besó en las mejillas y, después, aparatosamente, la abrazó. Apenas había cambiado, aunque llevaba el pelo más corto, peinado con un flequillo ondulado tipo años veinte, y vestía con mayor sencillez, un mono sin mangas de color verde agua que le sentaba como un guante. Por lo demás, emitía la misma palidez, una falta de rotundidad que ahora, observándola con mayor atención, Rosa pensó que radicaba en el tono grisáceo de la piel, en las cejas poco pobladas o en las pestañas claras, casi invisibles. Era como si estuviera a medio hacer, desdibujada. Las suaves líneas de la nariz, de los labios, los ojos de un castaño dorado, tenue: nada era incorrecto, pero nada destacaba.

–¿Cómo es que has pedido café? Aquí hay unos tés buenísimos. ¿No has visto la carta?

–Ya, pero a mí no me gusta el té –dijo Paqui, sonriendo.

–Vaya, pensé que... Creía que te encantaba.

–Qué va. ¿A mí? De nunca. Siempre tomaba café en el desayuno. ¿No te acuerdas?

Qué mal comienzo, pensó Rosa. Acobardada, estuvo a punto de rectificar y achacar el error a su mala memoria. Aunque lo cierto, pensó después, era que no se equivocaba. Recordaba el té, claro que sí, cada día aquellas tazas de loza que Paqui agarraba con las dos manos para calentarse. ¿O era manzanilla? ¿O era tila?

Pidió otro café para ella. Mientras se lo servían, intercambiaron frases atropelladamente, sin ningún orden, frases vacías y cordiales. Al hablar, al mirarla, Paqui se mostraba serena; no transmitía, ni mucho menos, ningún síntoma de depresión. Se la veía satisfecha de estar allí sentada, con su antigua amiga, pero no daba la impresión de que aquello trastocara su mundo lo más mínimo. De una forma extraña, Rosa se sintió estafada.

Paqui habló todo el tiempo de sí misma. Le contó que, cuando acabó la carrera, estuvo dejando currículos por todos lados, pero debía de haber una cantidad ingente de psicólogos haciendo lo mismo, porque no la llamaron de ningún sitio. Hizo prácticas en un departamento de recursos humanos de una multinacional, tres meses sin cobrar nada, no le gustó. En realidad, lo que siempre le había apasionado, bien lo sabía Rosa, era la moda, así que se decidió a pedir un préstamo y abrió una mercería, pero no una más con lo mismo que había en todos los sitios, sino una mercería moderna, innovadora, dijo.

–De aire parisino –dijo después, y en la vibración de su voz, ahora sí, Rosa encontró un rastro de la antigua Paqui.

–Cuánto me alegro, Paqui. Todavía me acuerdo de todas aquellas cosas, esos... tesoros que guardabas en tu casa. Eran increíbles. ¿Así que te va bien?

–Me da para vivir. Comparto piso con una amiga, justo encima del local que alquilé para montar la tienda. Mi casa era una jaula de grillos, imposible vivir tranquila allí, ¿te acuerdas?

—Sí, claro —dijo Rosa, extrañada.

¿Qué significaba aquello de la amiga? ¿Cómo es que todavía no había mencionado a su marido? Con precaución, como si estuviese cercándola, se atrevió a preguntarle si tenía pareja.

—¡Qué va, ya quisiera! —rió Paqui.

Le contó que había tenido un par de rollos —los llamó así: *rollos*—, pero no funcionaron. Sus pupilas ahora vagaban inquietas de un lado a otro, gesticulaba al hablar y se retorcía los dedos explicando en qué habían consistido esos *rollos:* rupturas, reconciliaciones, encontronazos imprevistos, confesiones, declaraciones, grandes palabras. Ni una sola alusión a la existencia de un marido. Esa sí empezaba a ser plenamente la Paqui del pasado, como si el cascarón se hubiese roto y por fin saliera a la luz. Rosa mostró interés por sus historias, le preguntó algunos detalles más, le preguntó también otras cuestiones triviales —dónde había comprado ese precioso mono verde, cómo hacía para mantenerse tan delgada—, hasta que se dio cuenta de que la estaba tratando con superioridad, como si no fuese más que una muñeca a la que había que dar cuerda y contentar. Ella ni siquiera le había dicho que tenía una hija y estaba allí preguntándole por sus *rollos* con condescendencia. Se quedó callada, incapaz ya de continuar.

—¿Estás bien? —dijo Paqui.

Rosa sacudió la cabeza.

—Sí, sí, es solo que... es tan raro volverte a ver otra vez.

—Y que lo digas.

Se hizo un silencio incómodo entre ambas. Rosa sintió el deseo de decir algo solemne, algo acorde con las circunstancias que la habían llevado a ese lugar. Pensó incluso en que debía esforzarse y cogerle una mano —la mano que Paqui ahora había dejado inerte sobre la mesa—, pero el momento

41

pasó y fue mejor así: de otro modo, pensó, habría resultado afectado. Paqui ladeó la cabeza y esbozó una rápida sonrisa antes de preguntar:

–¿Por qué te decidiste a llamarme? Quiero decir, después de tanto tiempo, ¿cómo fue? ¿Te acordaste de repente?

–Más o menos. Debería haberlo hecho antes, ya lo sé, pero estuve hasta arriba todos estos años, pasé por demasiados cambios, muchos líos, movidas, tardaría semanas en contártelo todo, pero en fin, sea como sea está claro que... no me porté bien.

Ahí estaba al fin: la excusa no pedida, que humillaba a ambas. Rosa sintió un ramalazo ahogado de furia.

–Nunca supe por qué dejaste la carrera. –La expresión de Paqui había cambiado, se había vuelto afilada, incisiva–. Quiero decir, nunca supe la verdadera razón. ¿Puedo serte sincera?

–Claro. –Rosa intuyó que se acercaba al precipicio.

–Era como si hubiese un motivo oculto, algo que no querías confesar. Yo... llegué a pensar que era por mi culpa. Que no me soportabas, que querías deshacerte de mí como fuese.

–Por Dios, Paqui.

–No me interrumpas. Déjame que acabe. Para mí no es fácil decir esto. Es... –se frotó las mejillas con los dedos, cerró los ojos– muy difícil, de hecho. No me interrumpas. –Abrió otra vez los ojos y la miró con una extraña ferocidad–. Traté de retenerte como pude. Cogía los apuntes para ti, para que pudieses aprobar a pesar de... todo lo que faltabas a clase. Me obligué a disimular los celos por aquel novio que tenías, sabía que no me los habrías permitido. Fingía alegrarme de lo que me contabas, pero me moría de dolor por dentro. Eras... tan necesaria para mí. Iba detrás de ti como un perrillo, pero tú... no te dabas cuenta de nada. No te culpo... ni mucho menos. Es que... ibas siempre a tu bola, como distraída, tan orgullosa y sin relacionarte con nadie. Me mordía la lengua para no hablarte de ropa, ¡a ti eso te parecía tan frívolo! Todo lo que a mí me encantaba a ti te parecía una basura. ¡Quizá lo era, no lo sé! Vestías siempre con los mismos vaqueros y un par de jerséis y otro de camisetas que ibas alternando, y tu cola de caballo, y nunca, nunca, te ponías maquillaje, tan segura de que así..., de tu atractivo, ese toque masculino de los zapatos, te los ponías feos a propósito.

–Paqui, creo que...

–No, déjame que acabe. Yo sabía que si te ibas ya no sería capaz de levantar cabeza. Sabía que todos me despreciaban y que jamás podría acercarme a nadie más. Estaba tan desesperada que me rebajé a escribirte una carta en la que te rogaba que te quedaras. La hiciste pedazos.

–Pero ¿qué...? ¿Qué dices, Paqui?

–La hiciste pedazos, lo vi, puede que tú no te acuerdes, pero...

Rosa estaba asombrada y conmovida. ¿Cómo era posible que Paqui creyera todo aquello? Su lectura de los hechos no solo era errónea, era también un completo disparate; lo que tenía un sentido era interpretado justo de la forma contraria. ¿Y qué era ese asunto de la carta? ¡Ella no había roto ninguna carta! Rosa respiró hondo y se dispuso a defenderse cuando, de pronto, fulminante y letal, vino hacia ella una imagen, algo que su memoria había descartado por completo y que ahora se le presentaba centelleante, nítido y revelador.

Era verdad. Paqui había escrito una carta enumerando las razones por las que Rosa no debería abandonar psicología. Se la dio junto con los apuntes de toda la semana, cuidadosamente organizados por asignaturas. Rosa la extrajo del conjunto de folios, soltó una carcajada. No vas a convencerme, le dijo, olvídate. La rompió allí mismo, ante sus narices, sin ni siquiera molestarse en leerla.

¿Qué podía hacer ahora? ¿Había manera de arreglar aquello? Rosa podría tratar de explicarse, justificar su acción apelando a... ¿qué? Paqui no conocía el mundo de Rosa, no tenía ni idea de lo que ocupaba su mente día y noche en aquel tiempo. ¿Qué importancia podía tener para ella esa carta? Ninguna. ¿Era culpable de no corresponder a un sentimiento cuya existencia ni siquiera había advertido? Es imposible conocer a nadie, pensó Rosa, qué sé yo de esta mujer, por qué he de tolerar esta ridícula escena, qué indigno sería tratar de disculparme si hasta ella me está mintiendo ocultándome su matrimonio. Supongo que he cometido un error viniendo aquí, pensó a continuación. Me he dejado embaucar una vez más, otra vez he sido incapaz de poner freno. Tuvo una intensa sensación de fracaso, pero sintió también, paralelo, un destello de piedad que abarcaba a las dos: no solo a las que eran, sino también a las que habían sido hacía años.

Como no tenía sentido pedir perdón, no lo hizo. Lo único que podía hacer, en realidad, era admitir la verdad, responder con sinceridad a la pregunta que había dado lugar a todo ese torrente de confesiones y que ahora Paqui repetía casi para sí misma.

–Es que no lo entiendo. ¿Por qué te has decidido ahora, precisamente ahora, a llamarme? Tiene que haber un motivo, algo ha pasado.

Pero no lo hizo, no fue capaz de hacerlo. Mintió de nuevo, como llevaba mintiendo toda su vida.

–Me acordé de ti, Paqui, eso es todo. Sentí ganas de volver a verte. No es tan complicado de entender. El tiempo pasa y la gente cambia. Aunque tú no lo creas, yo guardo muy buen recuerdo de esa época.

–¿De verdad? ¿No me engañas?

–Pues claro que no. Duró solo un curso, pero éramos uña y carne, eso fue así, ¿no? Es indiscutible.

–Indiscutible, sí.

Aunque seguía tocándose las mejillas con los dedos, la mirada de Paqui se había dulcificado. Los labios, húmedos, finos, sonreían esperanzados. Hubo otro momento de silencio. Rosa, que había estado manoseando el servilletero con impaciencia, lo soltó de pronto. Las dos hablaron a la vez, sin entenderse.

–¿Qué? Perdona.

–Yo..., no, di tú primero. –Rosa cedió su turno. El error.

–¿Nos volveremos a ver? –preguntó entonces Paqui.

–Sí, por qué no, otro día.

–Quiero decir, no pasará otra vez lo mismo, ¿no? No me dejarás tirada otra vez, ¿no?

–No, claro.

–¿Seguro?

–Seguro.

Paqui se alisó con cuidado el bonito mono verde y dijo que tenía que irse, la estaban esperando. Se levantó resplandeciente, teatral.

–¿No te da la impresión de que todo se arregla? Al final siempre todo se arregla. Mira qué tarde más bonita. Ha salido el sol, con lo feo que había amanecido.

Rosa pagó lo de las dos, con la cabeza embotada de ideas y las mejillas ardiendo de vergüenza. Mientras se despedían cogiéndose las manos, le pareció ver la sombra de un viejo fantasma, un visitante borroso, lejano, que volvía del pasado, como si todo ese tiempo hubiera estado ahí, a su lado. Al acecho, esperando el momento de salir de su escondrijo y pillarla.

RESISTENCIA

Cómo diría... Tras nacer el primero se quedó bloqueada, bajo los pies solo encontró un suelo blando y sin consistencia, nada donde agarrarse, le cogió asco al marido. Como un animal al que le arrancaran el pelaje, apareció lo que escondía tras toda aquella capa de buena educación y sumisión: una fiera, podía convertirse en una verdadera fiera.

Esto lo llaman ahora depresión posparto. También entonces se usaba ese término, pero solo en el ámbito médico. Normalmente, la gente decía: se ha puesto melancólica. La gente o cierto tipo de gente. El otro tipo de gente, menos piadosa, decía: malamadre. Debido, por ejemplo, a que Laura se negaba a ponérselo al pecho y hubo que alimentarlo con biberón desde el principio.

El marido, Damián, se mordía las uñas para contenerse y no culparla. Algo –algo– sabía. Algo que no solo tenía que ver con las hormonas ni con la caprichosa feminidad.

Se sentaba a su lado, le acariciaba una mano.

Hablaba y hablaba y hablaba con el pretexto de entretenerla y animarla. Laura quería pedirle que se callara, que por una vez en su vida se callara, pero se limitaba a cerrar los ojos con mansedumbre, como una vaca, que era en lo que, al parecer, debía transformarse.

Al bebé, cómo no, le habían puesto Damián. Indiscutible.

–Si hubiese sido niña, Laura, como tú –concedió él con deportividad.

–No.

Fue la mayor rebeldía que se permitió aquellos días: esa negativa sin más explicaciones, sin suavizante. No.

Nunca se vio hombre más entregado. Sacaba al sol al bebecito, su primogénito querido, para que superase la ictericia. Lo tomaba en sus brazos con ternura, lo mecía y le enchufaba el biberón al menor llanto. Su tocayo tragaba y tragaba para orgullo del padre primerizo, rodeado de mujeres más expertas que él que, sin embargo, le alababan el buen hacer y la paciencia.

–A saber cómo es cuando sube a su casa –dijo una vecina más suspicaz que el resto.

Bueno, se equivocaba. A solas, en el piso modesto y casi sin muebles, el padre era tan servicial y amable como en la calle, con sus relatos, sus aforismos y la inagotable misión de iluminarla a ella, de encauzarla hacia la verdad.

Hablaba todo el tiempo del Proyecto. La familia era eso, el Proyecto.

Por el bien del Proyecto ella tenía que superar su mala racha. Porque, en cuanto estuviese recuperada, deberían tener otro hijo. Y otro y otro.

Él estaba en contra de las familias con hijo único. Los hijos únicos son caprichosos, engreídos y tienen disposición a enfermar con más facilidad, en especial de los pulmones y las vías respiratorias.

Ella, que estaba deprimida pero no era tonta, replicaba:
—¿De dónde has sacado eso?

Lo que le daba pie a él para hablarle de la aclimatación sanitaria entre hermanos, si uno contraía una enfermedad inmunizaba al otro, etc. Estaba más que estudiado.

Lo cierto es que tardaron cuatro años en tener otro.

Los cuatro años de la Resistencia, época a veces también denominada la Guerra.

Cuando se conocieron, ella estaba orgullosa de él. De hecho, todavía lo estaba, a ratos. Le parecía que era un hombre íntegro, inteligente, con principios y una prometedora carrera por delante. Esto, lo de la prometedora carrera, era una expresión que Laura repetía en todos los sitios, le sonaba muy bien. Gracias a él, ella tenía ahora la posibilidad de destacar. Despuntar, sacar cabeza, eran otras maneras de decirlo. *Distinguirse*. Era la época en que el valor de una mujer se tasaba en función del hombre que la elegía. ¡Y qué hombre más distinguido! ¡Un abogado!

Llegaba a recogerla con la camisa limpia y abotonada hasta el cuello, el pantalón de pinzas, mocasines finos, repeinado, ligeramente perfumado, reservado, sabio. Laura le sacaba una cabeza, lo cual era una lástima para aquella pareja tan apuesta. De ese tema, de la diferencia de altura e incluso de la altura a secas, no se hablaba, pero Laura, por no humillarlo, dejó de usar tacones.

Paseaban sin alejarse demasiado del barrio. Eran muy jóvenes, pero se comportaban como dos viejos. A ella, en aquel momento, le pareció que su envaramiento al caminar era una señal de estilo. Él observaba las calles con atención, de vez en cuando levantaba las cejas. Toda aquella animación le perturbaba: los bloques de pisos que se construían en dos días, uniformados, feos, las vecinas en bata rodeadas de niños churretosos, los comercios donde el tendero, antes de despacharlas, les miraba las tetas a las mujeres y ellas nunca se molestaban, más bien al contrario. Vocerío y alboroto, como si nadie supiese hablar en voz baja. La ciudad había crecido para acoger en sus bordes a los exiliados de los pueblos, con toda su vulgaridad y su incultura, en una capa de excrecencia de la que había que huir cuanto antes. En su manera de mirar, Damián deslizaba un sutil reproche que a Laura la hacía sentirse un pelín culpable. Por aquella actitud, ella dedujo que provenía de otro mundo más elegante y selecto. Él podía rescatarla de allí, y de hecho el rescate formaba parte de sus planes.

–Deberías estudiar –le decía–. No me refiero a esos cursitos que hacen las mujeres para colocarse en oficinas, taquigrafía y mecanografía para subalternas. Me refiero a estudiar de verdad, en la universidad, como en los países soviéticos.

–¿Tú crees?

–Sí, sí, sin duda. Estudiar filosofía, historia, latín o griego. Algo así. No tienes por qué ir a clase. Podrías hacerlo a distancia, desde casa.

–¿Y leyes, como tú? Así podríamos hablar de más cosas.

–No, leyes no. Para eso hace falta concentración, memoria y disciplina. Yo a ti te veo más sensibilidad que método.

Laura recordó lo mal que se le daban las conjugaciones verbales; entornó los ojos tratando de fijar el nombre de una batalla memorable y no lo consiguió.

–Pero para aprender latín o historia también es necesario memorizar.

–Oh, sí, aunque un error ahí no sería letal, como sí lo es en derecho, entiéndelo. Si te equivocas en un dato, bueno, alguien te corregirá, pero si te equivocas en la aplicación de una ley puedes llevar a un hombre inocente a la horca.

–¡Pero si ya no hay pena de muerte!

–Por favor, Laura, es una forma de hablar.

Él tenía un hondo sentido de la justicia. Si quería ser abogado, decía, era para proteger a los más débiles y defender sus derechos pisoteados. No pretendía enriquecerse, lo que buscaba era un mundo más igualitario y más justo, donde se erradicara por completo la violencia. En la cartera, donde otros solían guardar la foto de su madre o de su novia, él llevaba una postal amarilleada con el rostro de Gandhi. Se había comprado unas gafas como las suyas, doradas, redondas, de latón, muy baratas. ¡Como las de John Lennon!, dijo Laura.

–No sé a quién te refieres –respondió él inexpresivamente.

Laura, educada al amparo de un catolicismo tibio pero firme, se deshizo de la religión de inmediato. Más difícil fue abandonar la costumbre de santiguarse al pasar ante cualquier capilla, porque era un automatismo casi innato, como poner un pie tras otro al caminar. Si iba con su madre, se santiguaba sin problema, por respeto hacia ella y porque, en el fondo, le resultaba más natural que quedarse de brazos cruzados. Si iba con él, se contenía. Una vez que iba con los dos, esbozó un gesto vago que podía ser sí pero no, y no contentó a ninguno.

–La historia de la religión está plagada de sangre y de vísceras. Matanzas por creencias, a eso se reduce todo, a pasar a la gente a cuchillo por culpa de ídolos de madera policromada.

–¿Gandhi no era hinduista? –dijo ella.

–¡Gandhi era un abogado y un político! ¡Un activista! Su religión le inspiró ciertas ideas, no lo negaré, pero no fue determinante en su trayectoria. Yo respeto las creencias de la gente, jamás me habrás oído criticarlas, pero no deberían sobrepasar el ámbito privado, ¿entiendes?

–Sí. No. Bueno, da igual.

–¿Cómo va a dar igual? Hay que diferenciar entre las creencias de un hombre como Gandhi, que fue un ser superior, con un intelecto deslumbrante y una bondad infinita, de las de tu vecina la beata, que se dedica a encender velas y ponerle flores a San Antonio para que sus hijas se casen. Eso sí que no lo respeto.

Sus ideales humanistas eran mucho mayores que cualquier religión, sobrevolaban metros y metros por encima de cualquier templo. Con él, fundar una familia sería dar comienzo a un Proyecto cuya finalidad última los trascendía como individuos porque apuntaba al progreso social.

–Lo más importante, lo más definitivo, es aportar seres al mundo.

–¿Te refieres a tener hijos?

–Por supuesto, Laurita. Piensa que si no los tuviéramos, incluso estando casados y con todos los papeles en regla, no seríamos una familia, solo seríamos una pareja, dos personas sin vínculos de sangre, estériles e inútiles. Para fundar una familia hace falta que nazca un hijo. Y cuantos más hijos haya, más vínculos de sangre, *más familia*.

Laura se preguntaba: ¿y si ella no podía tener hijos? ¿Y si solo quería uno o dos? ¿La repudiaría?

–No pongas esa cara –decía él–. No es tan complicado. Ya lo verás. Dibujaremos un mapa que muestre claramente quiénes somos, dónde estamos y a qué aspiramos. Un mapa familiar. Cuando estemos desorientados, bastará con mirarlo para encarrilarnos de nuevo. Nunca nos perderemos.

El mapa, que empezó a dibujar al día siguiente, quedó inacabado. Era un batiburrillo de líneas que se cruzaban, rojas, azules y negras, improvisadas y sin sentido aparente. Por primera vez —aunque de forma tibia y casi renegando de la idea—, Laura tuvo la impresión de que su prometido, más allá de la que volcaba en sus encendidos discursos, no tenía demasiada constancia.

No era religioso, pero se oponía con firmeza a las relaciones prematrimoniales. Laura sintió vergüenza de haber insinuado que por ella... Cuando tenía quince años se enamoró de un chaval de su edad, un pelirrojo guapísimo, triste, desmadejado, con la mirada huidiza y los brazos y las piernas muy largos, como cansados de crecer; huesudo, todo codos, rodillas, pómulos y escápulas. Los dos eran huérfanos: él de madre, ella de padre; esa orfandad forjó un raro vínculo entre ellos, de desesperación y dolor. Se encontraban a escondidas en una casa abandonada, entraban a hurtadillas, cogidos de la mano, y se besaban sin hablar, una vez y otra, hasta acabar con los labios hinchados. Una tarde, acalorados, desconcertados por su propio deseo —tan nuevo, tan sin precedentes—, habían acabado medio desnudos sobre el suelo. Laura no tenía claro si aquello se había consumado o no —ese verbo, *consumar,* era el que usaban las revistas femeninas de entonces—. Dolor, desde luego, no había sentido, y en realidad apenas había notado más que un roce por dentro, algo rápido, seco y prometedor, porque el chico acabó enseguida y se quedó tumbado sobre ella, sollozando, todavía aturdido por lo que terminaba de ocurrir. Lo que más recordaba Laura de aquella escena eran los momentos previos, cuando el chico había besado sus pezones, el tacto de la lengua apenas rozándola, diestro en su torpeza, y el interior de aquella casa abandonada dando vueltas, las paredes licuándose y un pensamiento fulminante, clarísimo: he nacido para esto.

Años después todavía se preguntaba: ¿era virgen o no? Nunca le había preocupado demasiado esa cuestión, pero ahora, de pronto, la atormentaba. Por supuesto que conocía a montones de mujeres solteras que no lo eran, su hermana menor sin ir más lejos, pero lo que empezaba a ser moneda corriente de una época nueva –ah, la bendita píldora– podía también convertirse, más que nunca, en un oprobio: ¿también ella, como las demás, había caído en las garras de la vulgaridad?, podía preguntarle Damián llegado el momento.

Luego, cuando llegó *el momento,* tras la boda –la austera boda laica que se celebró de acuerdo a los gustos de él, a los que ella se plegó felicísima–, si Damián se dio cuenta no dijo nada, de modo que, aunque placer no hubo para Laura, sí hubo al menos una buena dosis de alivio. Él se había limitado a cumplir con un rigor y una mecánica de libro de instrucciones, y Laura se sintió satisfecha: si así había de ser, que así fuera.

Se distanció de los suyos, de su madre y su hermano mayor, pero también de su hermana, a pesar de lo unidas que habían estado de niñas, siempre jugando juntas, siempre enredando. No hubo ningún motivo claro. Sencillamente, su hermana dejó de ser bienvenida en su casa, no a causa de una prohibición expresa, por supuesto, sino por la incomodidad viscosa que se creaba en cuanto aparecía, por cómo se adensaban las palabras y los gestos cogían peso, por los silencios que se creaban y los nuevos significados de las cosas normales, que ahora se volvían sospechosas y molestas.

Ya desde antes de la boda, la relación entre las dos se había enfriado mucho. Si había alguien delante –y, sobre todo, si estaba Damián delante–, Laura se avergonzaba de su hermana, de su ignorancia y su mediocridad, y se alejaba de ella como si corriese riesgo de contagio. También la misma hermana recelaba. Las conversaciones entre ambas se llenaron de convencionalismos y omisiones, recorridas por un finísimo desprecio autodefensivo.

La hermana siempre había sido una especie de cabra loca, se había marchado de casa siendo apenas una adolescente, trabajó en mil empleos degradantes –y en ninguno duraba–, tuvo multitud de novios. Laura no pensaba seguir el mismo camino descarriado, aunque a veces se sorprendía pensando en ella con un regusto de envidia. Fantaseaba con una vida similar, llena de aventuras e incertidumbre, turbia y deshonrosa, pero enseguida se corregía, viendo los resultados tan nefastos que había logrado su hermana con su confusa noción de libertad.

El mundo distinguido del que él procedía resultó ser, en términos económicos, muy parecido al suyo.

Cuando viajó a conocer a sus suegros y sus cuñados, Laura comprendió que la diferencia solo radicaba en el carácter de esa familia, en su evidente superioridad intelectual. Eran bajitos y enjutos, pero parecían caminar un metro por encima de la acera, sorteando la grosería y la falta de cultura, la codicia y el egoísmo. Hablaban muy despacio, en voz baja, utilizando palabras elevadas y precisas, y aseguraban amar los diccionarios. Consultaban sus dudas y discutían entre ellos por acepciones, sinónimos, preposiciones correctas o incorrectas, cuándo *que* es un adverbio y cuándo una conjunción. Comían con frugalidad, eran abstemios y se acostaban temprano. No tenían televisor. Jamás se gritaban, pero por debajo del diálogo –o de como se llamara aquello que hacían cuando hablaban– fluía una corriente arremolinada y tensa, como a punto de desbordarse. El dique que

55

la sujetaba no era la cortesía sino la soberbia. Cada uno se convencía a sí mismo con sus propios argumentos y con eso bastaba.

En un principio, Laura no consiguió calibrar lo bueno y lo malo de aquella familia, porque ¡le parecían tan inteligentes! A su lado, se sentía torpe y basta, incluso físicamente. Más que alta, se notó grandullona y corpulenta. Empezó a avergonzarse de esas tetas tan grandes, trató de comprimirlas con sujetadores reductores; se puso permanentemente a dieta.

Necesitaba refinarse y lo hizo imitando sus conductas y su forma de hablar.

Pero era muy difícil: por mucho que lo intentase, siempre se delataba. Ante ellos, nunca dejaría de ser una recién llegada, una impostora.

Compraron pocos muebles, pero de maderas nobles, nada de aglomerado.

Sin necesidad de recibir ninguna indicación, ella supo que no procedía adornar la casa con figuritas de porcelana ni abanicos enmarcados y mucho menos con imágenes de santos ni de vírgenes.

Un retrato de Gandhi presidía el salón; la enciclopedia Salvat, un Atlas y un diccionario filosófico la estantería a la que Laura quitaba el polvo cada mañana. En el despacho donde Damián se retiraba por las tardes a leer, estaban sus diplomas colgados, los libros de Derecho que eran como manuales de chino para Laura, la Declaración Universal de los Derechos Humanos enmarcada y otra foto de Gandhi, esta ya de cuerpo entero, tan frágil con su sari, el bastón, las negras piernas flacas y nudosas.

No era el bienestar económico que había imaginado y

que ahora desdeñaba, era otro tipo de riqueza. Pobres de aquellos que no lo entienden, se decían.

Y, dado que el Proyecto estaba en marcha, Laura se quedó embarazada pronto y nació el primogénito.

La Resistencia, también conocida como la Guerra, fue en aumento. Los primeros días era solo eso, la negativa a amamantarlo, el día entero en la cama y un silencio terco, empecinado, aunque todavía camuflado bajo la dulzura del cansancio. Ah, las mujeres deprimidas tienen cierta aura romántica; eso Damián estaba dispuesto a aceptarlo, aunque no tanto que lo mandara a dormir al sofá cada noche sin ocultar la repugnancia que le producía la mera idea de que la tocara. ¿Cuándo iba a resolverse aquello? Él debía hacer valer sus derechos de hombre, de marido. Ella lo ultrajaba comportándose así, como si fuese un violador o un extraño. ¿De dónde nacía aquella rebeldía? Sintió que perdía el control e hizo cosas que, solo unos meses antes, hubiesen sido impensables en él.

Discutían, gritaban, se habrían despedazado mutuamente si no estuviesen tan cansados de odiarse. Él la acusaba de ingrata, todo el día trabajando para ella, para el Proyecto, y esa era su única manera de agradecerlo, la baba de la rabia cada tarde, al volver él a casa. Ella no respondía a sus acusaciones, se dedicaba a minarlo, a exasperarlo con todo aquello que sabía que lo sacaba de quicio, diciendo tacos y frases hechas y rezando el rosario, más que con fe, con resentimiento. Descolgó la foto de Gandhi y puso a cambio una reproducción de la Virgen de la Servilleta de Murillo. Él rompió la lámina, volvió a colocar el Gandhi, la miró desafiante. Ella lo descolgó de nuevo ante sus narices, lo estrelló contra el suelo, los cristales cortaron al pequeño Damián en las manitas cuando gateaba, él la abofeteó, a los dos les temblaban las piernas, se abrazaron asustados y se separaron de inmediato, entre lágrimas.

Él consultó a un psiquiatra. Psicosis neurótica, dijo el profesional, todo apuntaba a eso, pero el diagnóstico se hizo a distancia, basado en un solo relato, el de él. El psiquiatra, un antiguo amigo del bachillerato, le consiguió la medicación necesaria para frenar a la bestia. Damián se la daba a escondidas, machacando las pastillas hasta hacerlas polvito, que mezclaba después en el zumo o el puré de verduras. Ahora Laura se pasaba el día adormilada, mucho más aplacada, pero cuando abría los ojos por completo y lo miraba con la conciencia encendida, todavía podía sentirse, dentro de ella, el rumor del rencor recorriéndola de parte a parte.

No había sexo entre ellos. Él la abordaba, ella lo echaba de su lado con violencia, a empujones y patadas. Pasaban los meses y él se dio por vencido, aunque a veces, cuando se acordaba, le trepaba la rabia hasta la boca, se iba hacia ella, la zarandeaba, y la acusaba de menospreciarlo y buscar su deshonra.

El pequeño Damián iba creciendo y aprendía a estar callado para no soliviantar aún más los ánimos. Se convirtió en un niño cobarde, pusilánime y glotón, capaz de lo que fuera con tal de conseguir un poco de atención.

Una vez, con tan solo tres años, mató un pajarillo que cayó en la terraza solo para que luego lo consolaran por la pérdida.

Laura le habló una noche del pelirrojo. Una noche de invierno. Helaba, habían encendido el brasero, Damián dormía ya en su camita de niño con las mejillas ardiendo, coloradas por el calor doméstico. Un silencio excesivo se extendía entre ellos, pesado como la respiración de un animal enorme, un toro, un buey, un elefante. Ella sintió el apremio de romper ese silencio, de hacerlo trizas. ¿Por qué lo hizo? ¿Como una confesión? ¿Para dañarlo? ¿Para provocarlo?

Quizá porque no tenía a nadie más a quien contárselo. Quizá porque, si no lo hacía, llegaría el día en que creería que había sido un sueño.

Se lo contó todo, sin ahorrarle detalles. Lo de la casa vacía y sus dudas sobre la pérdida de la virginidad. El modo en que aquel chico le besó los pezones. Y más. Le dijo que aquella fue la única vez en su vida que había sentido *algo*. Las paredes girando y el asombro, ese temblor interno. Algo apenas esbozado y, sin embargo, tan intenso que todavía, tantos años después, no lo había olvidado. Él, Damián, jamás podría darle nada parecido. Ni siquiera un atisbo.

Él se echó sobre ella. La aplastó contra el sofá. Sus ojos tenían un destello lobuno, depredador; ella, en consecuencia, se convirtió en una oveja a punto de ser devorada. Una carnicería, una matanza. ¿Una violación? No, de ninguna manera Laura la habría calificado de ese modo.

De esa unión nació Rosa, la segunda. Con ella acabó la Guerra y empezó otra época mucho más armónica, casi sin discusiones.

Le pusieron ese nombre porque para ellos fue como un regalo. Un regalo romántico de reconciliación. A Laura siempre le gustaron las rosas.

TODOS LOS PATOS Y LOS PECES JUNTOS

Por su cumpleaños le compraron un traje de chaqueta. No era exactamente un regalo –en esa familia, por prescripción moral, no se hacían regalos–, sino un símbolo del paso a la adultez. Quince años ya, dijo Padre, y Madre le pidió que se probara el traje cuanto antes, por si tenía que descambiarlo o hacerle algún arreglo. Damián estaba medio orgulloso, medio avergonzado. Que no hubiese tarta con velitas, tarjeta de felicitación o regalos envueltos en papel brillante no podía ser motivo de tristeza, dado que no lo esperaba. Lo del traje estaba bien, pero no sabía cuánta alegría le estaba permitido mostrar. ¿Quizá un simple agradecimiento era lo correcto, una satisfacción grave y serena, acorde con su edad? En el espejo del cuarto de baño, donde se había metido a cambiarse, se inspeccionó el bigotillo con detenimiento. Alguna vez pensaba en afeitárselo; en clase se habían reído ya de él, los más benévolos lo llamaban *míster mostacho,* los más crueles *pelochocho.* No se atrevía a afeitarse porque Padre no le había dicho que pudiera. Esperaba una señal. Tal vez eso del traje lo fuera: la señal, el toque de atención, ya eres un hombre. Se palpó los granos –qué desastre–, se acercó tanto al espejo que se vio deformado, bebió agua del grifo. Date prisa, oyó que le decían al otro lado. Que en esa casa se respetara el pudor no significaba que se aprobaran los largos encierros en el cuarto de baño.

Mientras se desnudaba, miró de reojo los calzoncillos blancos, la barriga sobresaliendo por encima del elástico. Como la de un señor, pensó. Apresurado, se puso una camisa celeste con sutiles rayitas coloradas y se embutió en el traje nuevo, confeccionado con una tela ligera de color azul marino, un tejido que se arrugaba con facilidad. ¿La chaqueta se abotonaba? Damián no sabía si tenía que cerrarla o dejarla abierta. En realidad, apenas podía cerrarla, salvo que aguantara la respiración, y ni por esas. Salió con las mejillas ardiendo y la chaqueta abierta, acalorado.

–Tiene sobrepeso –le dijo Padre a Madre, como si no estuviese delante.

–Me he equivocado de talla –dijo Madre.

–Bueno, es una forma de verlo. Yo te digo que ha vuelto a engordar.

–Puede ser. Tiene un problema de constitución.

–Tonterías. ¿Qué es eso de la constitución?

El pequeño Aqui, que merodeaba alrededor, interrumpió la conversación.

–¡La Constitución es la Carta Magna!

–No hablamos ahora de esa constitución, Aqui, échate a un lado.

Madre se agachó junto a Damián para evaluar las hechuras del traje. Realmente le quedaba pequeño. No era solo que no pudiese abotonarse la chaqueta. El pantalón estaba tan ajustado que se le veía un culo horrible. Respingón y horrible. Bueno, ella misma lo tenía así, a qué negarlo, culo de negra, pero sin la gracia de las negras. Damián se dejaba analizar enmudecido. Miraba en torno suyo con ojos suplicantes, a punto de romper a llorar. Pero trataba de disimular. Si algo no soportaba Padre eran los lloricas.

Madre se levantó.

–No hay opción, hay que comprar una talla más.

–¿Una más o dos más? –preguntó Padre.

–Con una bastará.

–Yo diría que dos.

–Que venga él conmigo y se pruebe, será lo más fácil.

–Entiendo. Lo difícil será ponerlo a dieta.

–No, eso no es difícil. Lo ponemos y ya está. Lo difícil es que pierda peso. A este niño le engorda cualquier cosa que coma.

–Menudo disparate. Si sigue la dieta a rajatabla, perderá kilos. A menos calorías, menos peso, eso es matemático. La comida no engorda *más o menos* según quien se la coma. Solo es cuestión de disciplina, ¿no? –Volviendo la vista hacia Damián, cambió el tono–. Carácter y disciplina, hombre, no te agobies –dijo, dándole un cachetito.

–No me agobio –tartamudeó él.

–¡Yo soy muuuuy delgado! –dijo Aqui–. Los delgados no tenemos que ponernos a dieta, ¿verdad?

Nadie le contestó.

Padre acusaba a madre de ser demasiado blanda con Damián. Cuanto más blanda, decía, más blandura, fíjate qué carnes para la edad que tiene. Madre lo defendía, aunque sin traspasar ciertas fronteras. Era curioso: había abandonado al niño de bebé debido a una depresión nunca diagnosticada, se pasó los primeros años de su vida sin apenas mirarlo, y ahora que estaba en plena adolescencia, se volcaba más en él que en los otros, achuchándolo o dándole golosinas a escondidas. ¿No era, después de todo, quien más la necesitaba? Con seis años menos que Damián, Aqui, el pequeño, parecía seis años mayor: voluntarioso, independiente, irresponsable pero dispuesto a afrontar él solito las consecuencias de su irresponsabilidad y, para colmo, dotado del arbitrario toque del encanto. En cuanto a las niñas, se criaban solas, por así decirlo, y más desde que había llegado Martina, con sus secretos de niñas en los que era mejor no meterse. Ella intuía que había algo físico en Damián que ponía de los nervios a Padre, algo que iba más allá de la gordura. Era la piel tan blanca –como cruda–, la redondez de los ojos azules, ¡las pecas! –que nadie más tenía–, los andares de cerdito y la torpeza de las manos, que no agarraban con fuerza.

–Haz las cosas con fuerza –le decía.

Damián lo miraba sin comprender, los gruesos labios entreabiertos.

–Con agarre, ¡con ganas!

Daba lo mismo. No estaba en su carácter, era inútil.

Otro asunto importante era el de la estatura: Damián ya casi le sobrepasaba; en un año o dos le sacaría limpiamente una cabeza. Aunque... para qué ser tan alto con ese tipo infame. *Ganso, choco, gorderas, trol:* también esos motes se los canturreaban en clase, a sus espaldas.

Padre no lo hubiese insultado jamás, no era su estilo. Cuando se refería a su sobrepeso evitaba usar el término *gordo*. Si le preocupaban esos kilos de más, decía, era solo desde un punto de vista científico y por estrictas razones de salud; apelaba a percentiles e índices de masa corporal, cifras que debían respetarse como si fueran leyes. Su rigidez, sin embargo, incluía también ciertas flaquezas. A veces era él quien llevaba a casa, inesperadamente, canutillos de nata y chocolate que compraba en la confitería del barrio. Le gustaba dar ese tipo de sorpresas, aparecer como un rey mago repartiendo sus dádivas, aunque al día siguiente hubiera que ponerse firmes otra vez. Padre no quería humillarlo. Solo quería que cambiara, que no fuese así, tan... negligente. Por él, por supuesto, por su bien. Estaba convencido de que la entereza moral, la integridad del ser, tenía relación con la firmeza del cuerpo. Fíjate en Gandhi, le decía a Madre. Fibra pura, concisión y finura, líneas rectas. Todo lo que sobra, *lo que se excede,* es rechazable.

Quizá por esa idea –y esto estaba relacionado con la compra del traje– había decidido que Damián lo acompañara en la colecta. Era su primogénito y, por tanto, ostentaba ese privilegio, que debía hacerse efectivo como corresponde. Seguro que le iba bien para endurecer el carácter. Seguro que se sentía honrado, satisfecho y pleno por ser el elegido para desempeñar esa tarea. Como así fue. Cuando Padre le anunció que lo metía en la *organización* como a un igual, para trabajar a su lado, codo con codo, a Damián se le agitó el corazón de alegría. Eso significaba que no estaba enfadado con él por ser un gordo.

La *organización* era un ente indefinido que, en los últimos tiempos, acaparaba gran parte de las conversaciones en las comidas. Padre hablaba de que la *organización* había acordado esto o aquello, que sus miembros se habían reunido para debatir sobre tal o cual asunto o para definir protocolos de actuación ante tal otra situación imprevista. Hablaba dando por sobrentendidos montones de detalles, de modo que nadie se atrevía a preguntar lo que se suponía que ya debía saber, y al final todo quedaba en una nebulosa. Damián se hizo una idea bastante vaga del objetivo de la *organización*. Sabía que tenía relación con los niños con síndrome de Down y con escuelas especiales para atender a estos niños. También se luchaba por un *cambio de pensamiento* —en palabras de Padre—, aunque jamás había entendido qué pensamiento debía ser sustituido, cuál era el pensamiento erróneo y cuál el correcto. En su colegio había un par de niños a los que todos llamaban *mongolitos* hasta que, de un día para otro, se les dijo que debían dejar de llamarlos así. Algunos profesores, algunos padres y montones de madres pensaban que esos niños estarían mejor en otro lado. Esto, suponía Damián, debía de ser lo que la *organización* defendía, con su plan de escuelas, el *cambio de pensamiento* y los *protocolos*. Un día, Martina, su hermana adoptiva, que no siempre sabía cuándo callarse, hizo una pregunta inoportuna pero inquietante.

—Papá, ¿y tú por qué estás en esa organización? Tú no tienes ningún hijo malito.

Padre la miró estupefacto, con el tenedor a medio camino hacia la boca. Tras unos segundos en silencio, lo dejó sobre el plato, se limpió con cuidado con la servilleta y explicó que, para involucrarse en una causa, no hacía falta estar personalmente afectado por ella; es más, dijo, la lucha más pura, la más genuina y admirable, es la que se emprende sin esperar ningún beneficio propio, la que se abraza por los demás, para conseguir un fruto que disfrutarán los demás, no uno mismo. Las feministas en eso, por ejemplo, se equivocaban; quizá la lucha por los derechos de las mujeres —con la que él estaba, por supuesto, de acuerdo— debían abanderarla los hombres. Los blancos deberían defender a los negros, los payos a los gitanos, los ricos a los pobres, los sanos a los enfermos y los fuertes a los débiles.

—Y una cosa más, Martinita —dijo sonriendo, como a punto de desvelar una sorpresa—. Yo no *estoy* en la *organización*. Yo formé parte de su comité creador, soy uno de los fundadores. No es algo de lo que me guste alardear, pero es así. Es más, me atrevería a decir, con total humildad, que sin mí la *organización* no existiría.

–Entonces, ¡enhorabuena, papá! –dijo Aqui, aplaudiendo.

Era imposible interpretar si Aqui lo peloteaba o si, escudándose tras una aparente inocencia, se reía de él. Padre no lo interpretó de ninguna de esas dos maneras. Aceptó el cumplido sin quitarse importancia, lo agradeció sin rechazarlo. Después de todo, él siempre había enseñado a sus hijos a dar las gracias.

Aunque no sabía qué se esperaba de él en concreto, Damián estaba ansioso por colaborar con la *organización*. Convencido de que sus principios –fueran estos lo que fueran– eran loables y buenos, sentía que, defendiéndolos, luchando por ellos, *agarrándolos con fuerza,* surgiría al fin la oportunidad de redimirse. Cuando tuvo listo su traje nuevo de la talla correcta, Padre lo llamó a su despacho con gran solemnidad, le pidió que se sentara y le explicó cuál era su misión.

–Vas a hacerte cargo de la colecta. Es un trabajo lento y difícil, pero muy honorable. Irás casa por casa explicando por qué necesitas que donen dinero a la causa. Has de ser educado pero muy insistente: la monedita más pequeña nos vale, para nosotros lo pequeño es grande. No te dejes vencer por las excusas que te den. Tienes que remover el corazón de esa gente. Y eso solo se consigue con la retórica. ¡Demóstenes! ¡Tucídides! ¡Aristóteles! ¡Cicerón! ¡Esos serán tus maestros! Con la retórica y con la presencia, claro. Has de permanecer derecho, con los pies alineados, los brazos extendidos hacia el suelo, sin cruzarlos. No gesticules de más y, desde luego, no hagas nada infantil ni amanerado, nada de rascarte la cabeza ni morderte los labios. Si te ofrecen que te sientes, acepta, pero no relajes nunca el cuerpo, ni se te ocurra encorvarte o estirar las piernas. Por ejemplo, ahora mismo tienes la espalda mal apoyada en el respaldo. Se te nota demasiado... cómodo. Así no. Siéntate más simétrico.

Damián despegó la espalda, se reacomodó.

—¿Así?

—Bueno, digamos que sí. Debes transmitir seguridad. Has cumplido quince años, eres ya un adulto, eres un hombre. Habla con serenidad, con convencimiento y orden. En voz alta y clara. No tienes que rogar ni que convertirte en un miserable pedigüeño. Pero sí demostrar sensibilidad y capacidad de persuasión. Elegancia.

Damián estaba sudando. Tragó saliva, se le formó un vacío en el estómago. ¿De verdad podían cumplirse todas esas instrucciones? Si se fijaba en la postura, iba a ser incapaz de pronunciar ni una sola palabra. Cuando al fin hablase, seguro que se le escapaban gestos inapropiados. Y, además, ¿qué había que decir en concreto? Jamás lo haría bien.

—No te preocupes —dijo Padre advirtiendo su agobio—. Yo te acompañaré los primeros días. O, mejor dicho, tú me acompañarás a mí, verás cómo actúo, aprenderás de mí. ¿Te parece?

—Vale.

—Estupendo entonces. Ahora déjame que acabe con el trabajo que tengo entre manos. Y cierra la puerta al salir, por favor.

Antes de que se fuera, añadió, elevando la mirada por encima de las gafas de lectura:

—Tu madre y yo estamos muy orgullosos de ti, Damián. Ya sabes que estoy en contra de los regalos y de las recompensas, pero, en fin, toma esto como si lo fuera.

Y así lo tomó Damián, que se marchó abrumado pero feliz, hondamente aliviado de saber que, por el momento, no iría solo.

Hasta entonces Damián había creído en Padre a pie juntillas. ¿Cómo dudar de su poder? En muy pocas ocasiones lo había visto tratar con otras personas; todo lo que sabía de él, de su actividad fuera de la casa, era a través de sus relatos —los cotidianos relatos que hacía durante las comidas, siempre llenos de convicción y firmeza—. Ahora, por primera vez, iba a ser testigo directo de una parte central de su vida, nada más y nada menos que de su función de colector de una de las organizaciones más justas e importantes del país. Se veía obligado, entonces, a controlar su timidez. Aun así, la incomodidad de ir por la calle con el traje —y de que lo viera alguno de sus compañeros de clase—, la perspectiva de tener que tomar las riendas de la colecta tarde o temprano y el temor a defraudar a Padre eran realidades que no lograba apartar de su mente. El sábado por la mañana, antes de salir, tuvo un lamentable episodio de diarrea. Bueno, pensó tirando por cuarta vez de la cisterna, lo mismo así adelgazo. Padre se impacientó mirando su reloj de bolsillo, una herencia familiar de la que estaba muy satisfecho.

—Aligera, Damián, nos espera un gran trabajo —dijo.

Le pasó la mano por el hombro al salir del portal. Se cruzaron así, como padre e hijo bien avenidos, con la vecina del cuarto, el frutero y el abuelo de Maika —la chica que a él, secretamente, le gustaba—. Damián estaba contento, inquieto, confundido y un poco acobardado. De seguir así, empezaría a sudar pronto. Temía sobre todo el sudor en la frente, que era nefasto para los granos y le daba un aspecto asqueroso. Madre le había dejado un pañuelo de algodón para limpiarse.

—Toquecitos suaves, nada de frotarte —le dijo.

Una vez en la calle, Damián quiso mostrar iniciativa, que no pareciera que iba a remolque, sin voluntad, y preguntó adónde se encaminaban.

–Iremos hacia el norte –dijo Padre.

Él no sabía dónde estaba el norte ni dónde el sur, pero asintió y se dejó llevar.

El barrio estaba lleno de bloques de pisos muy parecidos al suyo, de entre cuatro y seis plantas, con ladrillo visto en los bajos y el resto pintado de marrón o verde oscuro. Las terrazas enrejadas eran tan diminutas que parecían comederos de pájaros. Organizados en hexágonos, los edificios formaban pequeñas placitas entre sí, con naranjos y jacarandas que dejaban el suelo alfombrado de flores. Los niños, vigilados desde las ventanas por sus madres, jugaban en columpios de hierro donde se desollaban las rodillas o se abrían la cabeza cada dos por tres. Los mayores se saltaban la valla del colegio por las tardes para jugar en las pistas de fútbol. No había mucho más que hacer y a ellos ni siquiera esto les estaba permitido, por su seguridad. Damián todavía no lo sabía, pero aquel era un barrio humilde, casi pobre.

Más allá de los bloques, al filo de la autopista, se extendía una larga hilera de casitas de una sola planta, encaladas, viejas, con las ventanas bajas, casi a ras de suelo, puertas de hierro y geranios en los poyetes; casas como de pueblo, sin duda más antiguas que los pisos y que la misma autopista. Había sillas de plástico apoyadas contra las fachadas, donde solían sentarse por las tardes las vecinas. También en la mañana del sábado podía verse ya a dos o tres de ellas: gordas, con las manos enrojecidas de limpiar cruzadas sobre el regazo, charlando a grandes voces y risotadas. Aquella zona, pensó Damián al llegar, debía de ser el norte. Padre señaló la primera casita.

–Visitaremos todas estas –dijo abarcando la fila con un gesto.

Sonriente, ceremonioso, llamó a la primera puerta. También él iba vestido con traje, aunque eso era lo habitual, incluso dentro de la casa. Sin embargo, en ese entorno, los dos, con sus chaquetas abotonadas y los zapatos brillantes, llamaban muchísimo la atención. Damián notó que los miraban con suspicacia, agradeció al menos haber sido exonerado de la corbata. En la primera casa no abrió nadie, aunque se oyeron voces al otro lado de la puerta, sin ningún interés por disimular que estaban dentro. Como Padre no hizo ningún comentario, Damián también calló. En la segunda casa tampoco abrieron; en la tercera los tomaron por testigos de Jehová y volvieron a cerrar antes de que a Padre le diera tiempo a explicarse.

–No hay que desanimarse –le dijo, aunque se le contrajo la mandíbula.

De la cuarta casita salió un hombre en camiseta interior, con el pelo revuelto y un diente de oro. Apoyado en el dintel, siguió bebiendo de su lata de cerveza mientras Padre le hablaba de la *organización* con palabras grandilocuentes. Si donaba algo de dinero, le dijo, aunque fuese solo una pequeña cantidad, pondrían su nombre en el acta de constitución del colegio que iban a construir cuando se recaudara lo suficiente. Además, entraba en el sorteo de un radiocasete. Todo por esos niños, dijo, que están en desventaja, que dependen por completo de nosotros. El hombre desapareció un instante en el interior de la casa y volvió con un par de monedas. Padre le dio las gracias y una papeleta para el sorteo.

–¿Ves? Ahora se apunta aquí lo recaudado. –Llevaba una hoja cuadriculada donde anotaba las cantidades–. También la dirección exacta, para no volver al mismo sitio durante un tiempo. No hay que abusar.

71

En la siguiente casa, la mujer que abrió –una abuela con su nietecillo agarrado a la pierna– dio un portazo en cuanto oyó las primeras palabras de Padre.

–¡Sí, hombre, como si no tuviera ya bastante!

En otra les hicieron pasar. Un matrimonio anciano los invitó a café y a rosquillas. Tanto el hombre como la mujer escucharon con atención y paciencia la perorata de Padre, pero después los despidieron sin darles nada, ni siquiera explicaciones. Hubo algunas otras personas que donaron dinero –siempre calderilla–, aunque la mayoría se limitó a observarlos con desconfianza. Inmutable, Padre continuó su tarea con la sonrisa inalterable hasta acabar con la hilera de casas, sin mostrarse afectado por el fracaso. ¿Era por su optimismo a fuerza de bomba o porque no se daba cuenta de la hosquedad ni de las burlas? Damián empezó a sospechar lo segundo. Por primera vez en su vida, a los quince años recién cumplidos, notó que Padre era un ser extraño, desencajado, como si entre él y el mundo se abriera una profunda brecha, o, para ser más conciso, entre lo que él pensaba y lo que verdaderamente ocurría. No fue una revelación definitiva ni completa, solo un pequeño aviso, una semilla.

El sábado siguiente, cuando volvieron a salir juntos, esta sensación se agudizó. Esta vez comenzarían por el sur, dictaminó Padre, donde se levantaban los bloques de pisos más recientes. Aquella zona era algo más pujante, pero no les fue mucho mejor. Hubo quien dio dinero, hubo quien no dio nada, hubo quien escuchó con paciencia mal disimulada y quien los largó de malos modos. Padre apuntaba todo disciplinadamente en su casilla. Sin embargo, casi cuando acababan, una mujer muy pálida, con grandes ojeras y mirada húmeda, les dijo que pasaran al salón y los atendió con suma amabilidad. Allí, sentada en un sillón con la tapicería desgastada, con las largas piernas cruzadas, les contó que su sobrina había tenido *esa enfermedad* y que había muerto de un ataque cardíaco con menos de diez años. Por supuesto que daría dinero para la causa, dijo conmovida, y sacó un par de billetes de un cajón. Padre se inclinó artificiosamente, le dio la mano, le dijo que sentía en el alma lo de su sobrina. La *organización* se encargaría de que niños como ella tuvieran una vida mejor, le aseguró. Ambos se sostuvieron la mirada una pizca más de lo necesario, y Damián se sintió incómodo, aunque también reconfortado por los billetes. Cuando salieron del piso, Padre hizo un comentario maligno sobre el mal gusto de aquella mujer, refiriéndose a las figuras de toreros y bailaoras puestas sobre el televisor. Otras veces había hecho alusión a detalles similares, pero en esta ocasión Damián lo sintió como una traición imperdonable. Sin embargo, rió con él. Era verdad que las figuras eran espantosas.

No hay que volver a los lugares donde ya dieron dinero, había dicho Padre, y sin embargo ahí estaba Damián desobedeciendo la norma, tembloroso, pulsando el timbre del piso de la mujer de las ojeras, oscilando su peso entre una pierna y otra, impaciente, abochornado y, ay, asquerosamente sudado. ¿Cómo había llegado a aquella decisión?

La primera mañana que salió solo –el tercer sábado– con el dudoso honor de hacerse cargo en exclusiva de la colecta, se produjo una lastimosa acumulación de fracasos. Se habían reído de él y, a diferencia de Padre, él sí acusaba aquellos golpes, no podía mirar hacia otro lado y fingir que no se daba cuenta. Consciente de que Padre había ejercido, a su modo, de escudo protector, estaba ahora desnudo frente a las inclemencias, y por desnudo podía entenderse con aquel ridículo traje barato que le daba calor y se arrugaba con solo subir una escalera. Desfallecido, encorvado, con una rígida sonrisa inconsistente, las palabras no le salían al abrir la boca, sino unos instantes después, haciéndole parecer medio tonto.

–Tú mismo eres bastante mongolo, ¿no? –le había dicho un chaval de su edad antes de cerrar de un portazo.

Damián había apuntado aquella casa con la cruz de «no volver». Pondría él mismo algo de su dinero con tal de tacharla de la lista, pensó. De hecho, cuando se sucedieron las negativas, las risitas, las respuestas cortantes y las miradas desaprobatorias, se puso a calcular cuánto de sus ahorros podía entregar a Padre para disimular y hacer pasar aquel desastre por una jornada más exitosa. Un par de mujeres le dieron algo, pero aun así no era suficiente. Al filo del mediodía se debatía entre seguir intentándolo o hacer tiempo antes de volver. Optó por lo segundo y así cogió fuerzas para planificar una estrategia y que no resultara sospechoso que entrase primero en su dormitorio, vaciase la hucha, escondiese el número de papeletas correspondiente entre las páginas del Sopena y después fuera a rendir cuentas a Padre en su despacho.

–Muy bien, hijo, has superado mis expectativas –dijo contando el dinero.

Madre también se mostró encantada; ambos lo felicitaron delante de los hermanos, lo pusieron como modelo, cosa que jamás había ocurrido antes. El alivio dio paso a una especie de euforia: hubo un momento incluso en que hasta él mismo creyó que era un triunfador.

Pero el siguiente sábado el asunto se estaba complicando. A la tercera negativa –¡ya estamos otra vez con el timo de los Down!, le espetó una mujer que había abierto trabajosamente en su silla de ruedas–, supo que no podría continuar. Esta vez se había llevado consigo el resto de sus ahorros, muy poco ya, previendo que los iba a necesitar de nuevo. Sentado en el banco de una plazoleta, derrotado, sabiendo que no podía permitirse ese gasto, había devorado una cuña de chocolate que compró en un quiosco. ¿Y ahora qué? Revisando la hoja cuadriculada, con sus cruces y sus cantidades ficticias, recordó la imprevista generosidad de la mujer cuyo mal gusto Padre había criticado. ¿Podría permitirse...? ¿Estaría muy mal...? En el peor de los casos, pensó, esa mujer no iba a insultarlo ni a burlarse de él. Y aunque así fuera, merecía la pena intentarlo. La otra perspectiva, volver con las manos –casi– vacías, enfrentarse a la reprobación paterna, era impensable.

La mujer lo recibió sin mostrar sorpresa ni fastidio. Al principio, no lo reconoció, pero enseguida, cuando dijo que representaba a la *organización,* asintió con suavidad, se hizo a un lado para que pasase, le indicó que se sentara y ella misma se sentó de nuevo en su viejo sillón. Damián no sabía cómo empezar a hablar; la mujer, sonriendo, lo ayudó.

–¿Necesitas vender más papeletas?

–No, no es eso... O, bueno, sí, si usted pudiera... Yo no venía... No quería... Pero sí –admitió al fin.

La mujer lo observaba rascando distraídamente en el reposabrazos del sillón. Aquí y allá asomaba la espuma del relleno; ella la metía y sacaba con los dedos, como si fuera un tic. Sus profundas ojeras la hacían parecer mayor de lo que era, más fea de lo que era. Un pensamiento cruzó por la cabeza de Damián: es guapa, se dijo. Quizá recordaba el modo en que Padre la había mirado al despedirse, o quizá su impresión venía dada por esa situación extraña: la mujer y él, frente a frente, sentados como si no hubiese prisa alguna. Ella le contó que su marido estaba en paro, que su situación económica no era boyante, pero no sonó a excusa, sino a explicación. Luego le dijo que, dado que su marido gastaba mucho en bares –*derrochaba,* dijo–, no veía por qué ella no podía gastar también en lo que le pareciera.

–Te compraré más papeletas, claro. –Pero no se levantó.

Avergonzado, Damián apartó la mirada y se topó con aquellas figuras de las que Padre se había burlado: un torero de puntillas a punto de dar la estocada final y dos mujeres bailando con trajes de gitana. Las figuras eran de plástico y la ropa de tela de verdad, descolorida por el tiempo y el polvo. La luz que entraba por la ventana incidía de lleno sobre el televisor y las figuras; daba un triste aspecto a todo aquello. Había también pequeños marcos plateados con retratos familiares sobre un aparador de madera oscura.

–Puedes verlos si quieres –dijo la mujer–. Ahí está mi sobrina.

Damián obedeció, le pareció que no mirar las fotos sería de mala educación. Se detuvo en cada retrato unos segundos, lo que consideró adecuado, hasta que encontró el de la niña con síndrome de Down, los ojos achinados y la ancha sonrisa deslumbrante. Se parecía muchísimo a aquella mujer, pero de un modo invisible, poco evidente. Damián no sabía que dos personas tan diferentes pudieran parecerse tanto. Intrigado, tomó el retrato para verlo más de cerca. Luego no se le ocurrió qué decir; lo volvió a dejar donde estaba. Tuvo la impresión de que el tiempo estaba pasando lentísimo o de que incluso iba hacia atrás. La mujer continuaba sentada en el sillón, observándolo.

–Vas muy elegante con ese traje –le dijo.

Damián la miró asustado, solo después comprendió que debía darle las gracias. Se las dio en voz muy baja, un poco ronca. Quería irse cuanto antes y no sabía por qué. Echó de menos a Padre más que nunca. Él hubiera sabido cómo manejarse en esa situación, mientras que él era un patoso, un incapaz. Carraspeó.

—Entonces, ¿las papeletas...?

—Sí, sí, claro. —La mujer se levantó, desapareció por una puerta lateral, volvió tras unos segundos que a Damián se le hicieron eternos.

Le dio más dinero que la otra vez, mirándolo con los ojos entornados. A Damián se le aceleró el corazón al ver los billetes. Alargó la mano con codicia, casi sin darse cuenta. Después, de manera confusa, embarullada, comprendió la indecencia de la escena. Cogió el dinero, le entregó a cambio un puñado de papeletas y se marchó apresuradamente, tropezando con un perchero que había en el zaguán. Al bajar la escalera le entraron unas incomprensibles ganas de llorar. ¿Qué le había pasado? Con aquel dinero metido en el bolsillo, se sentía como si hubiese robado.

Volvió a su casa dando un largo rodeo. Le apretaba la cinturilla del pantalón —¿habría vuelto a engordar?—, los zapatos le rozaban, estaba muy incómodo, pero aun así se echó a andar sin rumbo. Con uno de los billetes de la mujer compró otra cuña de chocolate que guardó en una bolsa para comerla en algún lugar tranquilo. Llegó hasta el parque grande y se encaminó hacia el estanque. Unos cuantos patos y montones de peces hambrientos se peleaban por atrapar el pan que les tiraba un viejo al agua. Damián se paró a mirar la escena mientras devoraba la cuña a toda prisa. El bolsillo le pesaba con todas las monedas del cambio; imposible olvidarse así de su pecado. Entonces, el viejo volvió la cabeza y lo saludó. Era otra vez el abuelo de Maika, su amor soñado. Conocía a Damián desde que era muy pequeño, cuando los dos, Maika y él, iban juntos a la escuela primaria. Era aquel hombre quien se encargaba de recoger a su nieta a la salida; algunos días Damián se unía a ellos hasta que sus caminos se separaban.

—Chico, qué alegría verte. La otra mañana, cuando ibas

con tu padre, hasta me entraron dudas de que fueras tú. ¡Estás muy grande!

Damián tragó el último bocado de la cuña; se sacudió las manos manchadas de chocolate; no tenía dónde limpiarse y, desde luego, no podía chuparse los dedos como si estuviese solo. Devolvió el saludo y sonrió. Pensó: cuando el abuelo de Maika decía *grande,* ¿se refería en realidad a *gordo?* Lo había visto engullir su pastel con más ansia que la de todos los patos y los peces juntos y ahora no podía dar marcha atrás, borrar esa penosa escena como si no hubiese ocurrido. ¿Le contaría a Maika lo que había descubierto? ¿Le diría: vi a tu compañero Damián, qué gordo se ha puesto, no me extraña, come como un cerdo? ¿Le hablaría también de su ridículo traje? ¿De su extraña actitud en el parque?

Sintió que estaba recibiendo un castigo por todo lo que había hecho. No solo por lo de la mujer de las ojeras, sino por algunas cosas más, asuntos del pasado, cobardías y mentiras. Pensó que quizá lo merecía.

Con el dinero de la mujer tuvo para disimular dos sábados más. Al tercero, con su cuadrícula llena de cifras y cruces correspondientes a direcciones a las que ni siquiera había ido, Damián comunicó a Padre que había terminado de recorrer todo el barrio. Padre hizo sus cálculos. Teniendo en cuenta todas las viviendas que había visitado, era un botín más bien modesto.

–¿Seguro que has ido a todos los sitios? ¿No se te habrá pasado alguna calle, alguna plazoleta...?

–No, papá.

Padre meneó la cabeza mostrando decepción.

–La gente no es solidaria –dijo–. No se involucra.

–No mucho, papá.

–Supongo que al menos habrás aprendido de la experiencia.

–Sí.

–El año próximo organizaremos otra colecta nueva. Contaremos contigo de nuevo.

–Vale.

–¿Qué es lo que más te ha gustado de todo esto?

¿Qué debía decir? Damián se detuvo a pensarlo un momento.

–Hablar con la gente.

–Bueno, bueno. Pensé que te habría gustado más sentirte útil. Contribuir a la causa.

–Sí, eso también.

Damián y Padre se miraron fugazmente. En algún lugar de todo aquel revoltijo de palabras y sentimientos, al menos por un instante, se encontraron. Vieron lo que había dentro del otro con plena nitidez. Fue solo un relámpago de conciencia, menos de un segundo, imposible de apresar y aún menos de entender. Pero ocurrió. Damián tenía solo quince años, así que lo olvidó enseguida y siguió con lo suyo, con la agradable sensación de ligereza tras haberse quitado tanto peso de encima.

POCA PENA

Al doblar la esquina, ya nota algo raro. Un corro de personas está mirando al suelo. El coche de emergencias sanitarias, de un blanco deslumbrante, ocupa media acera con sus brillantes luces parpadeando. Dos hombres con chalecos reflectantes conversan con tranquilidad rutinaria. En medio hay una camilla todavía plegada, a la espera de una decisión. Rosa se apresura porque están justo ante el portal de su casa. Se abre paso entre la gente con esfuerzo. El sol cae a plomo sobre su cabeza, denso como melaza. Alguien dice que es una vergüenza. Además, a esas horas, a la salida de los niños del colegio. Una madre estira el cuello al tiempo que prohíbe a su hijo que mire ese espectáculo del todo inadecuado. En el suelo, Rosa distingue la camiseta roja y los pantalones azules de pana gruesa. Hay un cuerpo dentro de esas prendas, por supuesto, pero lo primero que ha saltado a sus ojos han sido los colores, rojo y azul, como si la ropa en sí misma fuese el objeto de observación de toda esa gente, o la protagonista misma de la historia.

Mario, piensa.

Quizá ella es la única persona que sabe el nombre de ese cuerpo. Lo percibe así, instintivamente, no como un hombre sino como un cuerpo. Mario tirado en el suelo, más sucio que de costumbre, con los pantalones mojados por la entrepierna y una brecha sangrando en la frente. Tiene los ojos medio abiertos y opacos, la boca descolgada. Una litrona al lado, rota. Por un momento, a Rosa le parece que está muerto. ¿Qué ha pasado?, pregunta a uno de los camilleros. Él la mira con frialdad.

—Se ha caído, está borracho como una cuba. ¿Lo conoces?

—Sí, es... Lo conozco de vista.

Ha hablado con Mario mucho más que con algunos de sus vecinos, pero ¿eso significa conocerlo? ¿Qué sabe ella de él, de ese pobre hombre al que al fin han decidido atender y subir a la camilla? Lo manejan como si fuera un trapo, no con brusquedad, pero tampoco con cuidado. Uf, cómo apesta, se queja uno de los hombres al cogerlo bajo los brazos. Los curiosos dan un paso hacia atrás sin retirarse del todo. No les importa el calor del mediodía, el cielo blanquecino de primeros de junio que es imposible enfrentar sin cegarse. Sudan y miran cómo meten al borracho en el coche, ese cuerpo desmadejado e indigno. ¿Adónde lo llevan?, pregunta Rosa al camillero que se sube al volante. Él, con las sienes mojadas, sin duda fastidiado, le nombra un par de hospitales.

—Si no lo atienden en uno lo atenderán en otro. Vete a saber cuál le pertenece.

Cuando las puertas traseras se cierran y el coche arranca, la gente se dispersa entre murmullos. Fin de la fiesta. Es entonces cuando Rosa descubre a Poca Pena a unos metros de allí, hociqueando a un lado y otro antes de decidir qué dirección tomar. Rosa se acerca, se agacha y le acaricia el lomo. Poca Pena mueve el rabito, reconociéndola con alegría. Ella lo coge, se lo mete bajo el brazo y lo sube a su casa.

Había conocido a Mario en el bar donde toma café antes de trabajar. A pesar de la hora, el dueño le permitía beber una o dos copas de coñac y luego le vendía algunas litronas que le entregaba discretamente en una bolsa del supermercado, bajo la barra. Mario acudía cada mañana porque en ningún otro bar de la zona le hubieran servido alcohol antes de las doce. Nadie le hacía preguntas. Entraba con su chucho Poca Pena y ya tenía lista su copa y la bolsa con provisiones, precio pactado sin necesidad de más conversación. Todo esto había llevado a Rosa a hacerse algunas preguntas respecto al dueño del bar. ¿Lo hacía por dinero? ¿Por compasión? ¿Porque era incapaz de decirle que no a un cliente? Venderle alcohol a un alcohólico a las ocho de la mañana no sonaba muy ético; sin embargo, el dueño del bar trataba a Mario con dulzura y le hablaba de igual a igual. Alguna vez Rosa incluso lo escuchó reprendiéndolo con suavidad: Mario, hombre, no puedes seguir así, etc. A Rosa el dueño del bar le parecía un hombre honrado que se esforzaba por dar un buen servicio a todo el mundo, fuera quien fuera, pendiente siempre de encender el ventilador de techo cuando apretaba el calor o de sacar las mesas al fresco si hacía bueno. Cuando ella lo veía vendiéndole a Mario las litronas se estremecía de pena. Así no va a salir nunca del hoyo, pensaba, pero luego se decía que, si no era allí, Mario conseguiría la bebida en otro sitio, más pronto o más tarde, a precios abusivos y en lugares donde lo despreciarían o lo echarían sin contemplaciones por molestar con su sola presencia.

Se acercó a hablar con él gracias a Poca Pena. Qué nombre más bonito, le dijo, y Mario le contó que no se lo había puesto él, que heredó el animal de un amigo suyo –siempre hablaba del perro en esos términos: *el animal*–, que por lo visto así se llamaba el personaje de un libro, que su amigo, ahí donde lo veía –¡pero no lo veía!–, era muy leído, y que el perro, ahí donde lo veía, era más listo que el hambre. Poca Pena, con un colmillo desviado asomando, el pelaje grisáceo y unos bigotes descomunales, nunca se despegaba de los tobillos de su dueño.

Tras aquella conversación, Rosa se había llevado una impresión equivocada. Creyó que Mario, aunque alcohólico, era capaz de mantener la lucidez; creyó que su situación no era tan grave. Cuando lo empezó a ver por las tardes tambaleándose con un cartón de vino en la mano o acostado en los bancos de la plaza, comprendió que su problema era muy serio. ¿Podía hacer algo por él? No, no podía, se dijo. A veces lo saludaba y él no la reconocía; otras veces levantaba la mano y avisaba a Poca Pena, arrastrando la voz: mira, tu amiga... Más adelante supo que dormía en una habitación de un piso ocupado por inmigrantes, que tenía mujer e hijos aunque en otra ciudad, que estuvo internado varias veces, que recibía una pequeña pensión por invalidez que gastaba, nada más cobrarla, en pagar deudas antes de acumular otras nuevas que saldaría al mes siguiente. Era pobre, muy pobre, siempre vestido con su camiseta roja y los pantalones azules de pana gruesa, incluso con todo aquel calor. Rosa lo había conocido en febrero, recién mudada al barrio, y ahora, cuatro meses después, seguía con los mismos pantalones.

Un día le compró un bocadillo sin que él se lo pidiera. Cuando lo aceptó, supo que ese acto, en apariencia generoso, no la salvaba de nada y que, aunque ella no fuese responsable, tampoco era inocente. Para compensar, hizo el esfuerzo de no huir y de quedarse a su lado mientras comía. Mario estaba sorprendentemente sereno y hablador. Le contó que de joven había trabajado de encofrador, pero que debido a un accidente tuvo que darse de baja permanente. No le explicó qué tipo de accidente había sido, ni cómo se ganó después la vida. Le habló también de su amigo, el antiguo propietario del *animal*.

–Qué tío más grande –le dijo–. Fue profesor y todo, ¿eh?

Rosa lo miraba de reojo, un poco apurada: sus mejillas rojizas, la nariz venosa, los ojos lagrimeantes. Mario tenía cara de buena persona, una curiosa expresión inocente, como de niño grande. La vergüenza que ella sentía no era por estar sentada junto a un hombre que se comía un bocadillo gracias a un acto de caridad. Era, debía reconocerlo, por que la vieran con él. Se rebelaba contra ese sentimiento tan horrible y por eso seguía sentada allí, obligándose a tragarse la indignidad de ese sutil rechazo. Poca Pena contribuía a ayudarla; ella siempre podía acariciarlo y establecer un vínculo más sencillo, menos cuestionable.

Lo primero que hace es bajar al súper a comprar una bolsa de pienso y una tarrina de paté. Poca Pena olisquea la comida sin interés, luego continúa dando vueltas por el piso que no conoce, metiendo el hociquillo en cada rincón, husmeando el territorio. Quizá no sea lo mejor para tranquilizarlo, pero está tan sucio que decide darle un baño antes de que aparezca Yolanda, su compañera de piso. Poca Pena se deja meter en la bañera con sumisión, hasta es posible que disfrute del agua fresquita y del jabón. Es un perro muy bueno, piensa Rosa, parece que comprende lo que pasa. Está en el salón, frotándolo a conciencia con una toalla para evitar que se sacuda y salpique, cuando llega Yolanda. Sin soltar las bolsas de la compra, se los queda mirando con desprecio.

–¿Y eso?

No es la mejor bienvenida, pero era de esperar. Desde hace semanas, Yolanda se muestra quisquillosa, permanentemente irritada con Rosa haga lo que haga. Es una reacción de inquina personal contra la que Rosa ya no puede luchar.

–Es de un hombre que ha tenido un infarto en mitad de la calle. Me ha dado lástima y lo he recogido. Pero no me lo voy a quedar para siempre, tranquila. Es solo mientras tanto.

–¿Mientras tanto qué?

–Mientras su dueño se recupera.

La mentira del infarto se le ha ocurrido sobre la marcha. Es más fácil conseguir así la indulgencia que diciendo la verdad, lo del borracho que se cae a mediodía por un golpe de calor y se mea encima.

–¿Y si se muere?

–No va a morirse –dice Rosa.

Sigue frotando con energía al perro, concentrada en que no moje nada. Le explica a Yolanda que es muy manso, que no dará problemas. Que ni siquiera ladra.

–Pero lo encierras en tu cuarto, ¿vale? –dice Yolanda yéndose a la cocina.

–Eso pensaba hacer.

–Quiero decir –vuelve sobre sus pasos– que nada de que ronde por las zonas comunes. Soy alérgica, ¿vale?

Primera noticia. Rosa recuerda la fiesta en la terraza donde Yolanda la llevó una noche, cuando supuestamente eran amigas. Uno de los chicos tenía un galgo afgano, un perro espectacular que no paraba de acariciar. Le había costado una fortuna, dijo el chico; sí, era una pijada, pero también una belleza, quién podría resistirse a su presencia, dijo, el lujo hay que pagarlo. Aquel día Yolanda no mencionó ninguna alergia. Al revés, había besado al perro en la boca. A Rosa le turbó mucho aquel beso, no lo había olvidado. Quizá a lo que Yolanda tiene alergia, piensa, es solo a los chuchos como Poca Pena, sin pedigrí, aunque hay otra interpretación más probable: que la alergia sea a la misma Rosa, a cualquier cosa que haga, diga o traiga a casa la misma Rosa.

Había alquilado aquella habitación solo por unos meses —seis, en concreto—, porque un piso completo para ella sola salía demasiado caro y porque tal vez —no estaba segura— medio año sería tiempo más que suficiente para remontar. Por otro lado, la compañía de otra chica de su edad, alegre y sana, podría venirle bien para distraerse, recuperarse del todo y no recaer. Cuando conoció a Yolanda, fue lo primero que pensó: me puede ayudar, sin ella saberlo.

A primera vista, Yolanda era impresionante. Alta y esbelta, parecía una modelo, con sus movimientos de serpiente, grandes ojos almendrados y una melena cobriza y rizada que le caía en cascada hasta los hombros. El día en que le enseñó la habitación llevaba una falda larga de algodón, una blusa estampada con un nudo por encima del ombligo, e iba descalza, con una tobillera de plata. Más que hablar, ronroneaba, con su voz grave y lenta y un ligero acento del sur. Le contó que estaba estudiando arte dramático, ya había actuado en un par de obras de teatro y en bastantes montajes universitarios, aunque su aspiración verdadera, le dijo, era el cine. Su actriz favorita de todos los tiempos era Greta Garbo; estaba tan obsesionada con ella que en invierno se ponía boinas para imitarla, aunque el efecto, confesó, era justo el contrario.

—¡Yo parezco recién llegada del pueblo! —dijo, y ambas rieron.

A Rosa le gustó eso, que fuese divertida y un poco irreverente. Yolanda la acogió con entusiasmo, le ayudó a poner unas cortinas y le regaló un ciclamen de flores rojas que se marchitó en un par de días.

–Vaya, espero que no seas igual con los tíos –bromeó.

Al principio podían pasarse horas y horas cada noche charlando y riéndose, hasta que les daban las tantas. Intercambiaban cotilleos o comentaban con sarcasmo los programas de televisión que veían juntas. Yolanda tenía un punto cínico pero muy cómico y a Rosa le sentaba bien toda esa intrascendencia, la aparente frivolidad de parlotear sin profundizar. No había sido consciente de hasta qué punto necesitaba una amiga así. Si echaba la vista atrás, solo podía recordar en su pasado algunas figuras borrosas que cumplieron una mera función auxiliar. No había alegría en esas amistades, solo una compañía utilitaria y bastante sosa; no las echó de menos cuando dejó de verlas, mientras que con Yolanda era muy diferente, una celebración continua. Quizá por eso, para no estropearlo, le contaba su vida con cuentagotas, eliminando las partes conflictivas. Aunque Yolanda le ofrecía confianza, necesitaba gustarle, no resultar cargante ni problemática.

Rosa tenía la sensación de que aquella felicidad había durado mucho, pero, si lo pensaba bien y echaba cuentas, se daba cuenta de que acabó muy pronto. Desde el día de la fiesta en la terraza, sin más explicaciones, Yolanda comenzó a distanciarse y dejó de prestarle atención. Se dirigía a ella lacónicamente y al volver de clase se encerraba en su cuarto con la excusa de que estaba agotada. Rosa la oía hablar por teléfono y reírse con las amistades por las que la había sustituido. Los primeros días sintió el aguijón del rechazo, cruel y frío, doloroso, pero luego se acostumbró. En cierto modo regresaba al lugar del que partía, no era nada nuevo. Como volver de la embriaguez a la sobriedad tras atravesar una triste resaca, pensó.

Sin llamar antes, Yolanda asoma la cabeza por la puerta.

—La bañera está llena de pelos de perro —dice, y luego da un portazo.

Rosa va al cuarto de baño, recoge los pocos pelos que encuentra, barre el suelo. Encerrado en la habitación, Poca Pena gimotea. Es lo único que parece inquietarle ahora: que ella se vaya, lo abandone allí y no vuelva más.

Se tumba en la cama con él, le susurra al oído.

—Que no, imbécil, que no me voy.

Piensa en su hija. ¡Le gustaría tanto ese perrillo! Hay niños que desde bebés desconfían de los animales y otros, como Raquel, a los que les brillan los ojos solo con verlos. ¿Podría llevárselo el fin de semana para que jugara con él? Sería, desde luego, un buen modo de ganársela, pero ¿querría Madre?

—¿Y a ti te gustaría, amigo? —le pregunta.

Poca Pena la mira con interés, elevando sus bigotes de tres colores: pelos grises, marrones y negros, todos entremezclados. Observándolo con atención, Rosa descubre preciosas simetrías en su pelaje. Hay que mirar las cosas muy de cerca, se dice, para entenderlas y, aun así, algunas nunca se atrapan por completo, como ese perro. ¿Qué piensa? ¿Está preocupado por su dueño? ¿Lo ha olvidado ya, como debió de olvidar al primero, al profesor?

Deja pasar el tiempo así, divagando y acariciando al perro. Sabe que debería ir a clase, pero no va a ser el primer día que falte ni tampoco el último, con la diferencia de que Poca Pena es ahora un motivo más válido que otros. También ella necesita un descanso. El calor de los últimos días resulta agotador. Su habitación es un horno, el pequeño ventilador que ha comprado apenas mueve el aire caliente de un lado a otro. El contraste entre el exterior –la luz cegadora y anaranjada del bochorno– y el interior en penumbra la sume en un estado de sopor. Siente una punzada de deseo –bajar al súper, esconder en la mochila una tarrina de un kilo de helado, comérselo de un tirón, a cucharadas–, pero consigue vencerla. Cuando reúne las fuerzas suficientes, llama a casa de sus padres. Madre le pone a la niña al teléfono, aunque Rosa no tiene claro que reconozca su voz. Llamarla cada día es un trámite doloroso, pero es mucho más duro ir a verla los fines de semana. Raquel es una niña muy sociable, pero la mira como a una desconocida y se da la vuelta cuando la quiere coger en brazos. Rosa se encierra en el baño a morderse los nudillos para mitigar las ganas de gritar. Se siente vigilada, como el preso recién liberado pero todavía sospechoso de reincidencia. Hay silencios insoportables, preguntas que no se hacen y hechos que no se cuentan. El no hablar de ciertas cosas, en este caso, no significa que se hayan olvidado y ni siquiera perdonado. Esa omisión solo representa el peso abrumador del oprobio, cayendo una y otra vez sobre ella.

Hasta el día de la fiesta en la terraza, Rosa no conoció a los amigos de Yolanda. Ella le había hablado de este y de aquel, de sus compañeros de clase y también de otros conocidos, amigos de amigos, gente que provenía del teatro alternativo, periodistas, poetas y licenciados en bellas artes, personas que se abrían camino en la vida con valentía y talento. Preparándose para la fiesta, Rosa se sintió intimidada. ¿Qué iba a contar de sí misma? Solo era una teleoperadora que vendía seguros en turno de mañana y que estudiaba magisterio por las tardes. Si hubiese continuado la carrera de psicología quizá podría haber alcanzado algo más de glamour, pero aquello, su más que previsible futuro de maestra de primaria, la falta de ambiciones y su evidente desconocimiento del mundo –no había viajado, no había vivido aventuras excitantes–, no era una buena carta de presentación. Se anudó un pañuelo en el pelo, se lo quitó poco antes de salir, insegura. Llevaba un sencillo y barato vestido azul, sandalias de cuero y unas cuantas pulseras finitas. Yolanda le dijo que estaba muy guapa, pero ella pensó que, como mucho, solo podía aspirar al modesto papel de acompañante.

La fiesta se celebraba en una casa en el centro, un edificio antiguo con estrechas escaleras serpenteantes que conducían a una espléndida terraza adornada con bombillas de colores y farolillos de papel. Cuando ellas llegaron estaba anocheciendo; muchos invitados merodeaban ya con botellines de cerveza o copas de vermú en la mano, fumando y charlando en pequeños grupos. Sonaba bossa nova a un volumen muy suave, voces aterciopeladas y sensuales que a Rosa le erizaron la piel. Las fabulosas vistas de las terrazas vecinas, el aire primaveral y la luz tibia y rosada le parecieron como de otro mundo. Solo el alboroto de las golondrinas entrando y saliendo de sus nidos la transportó al lugar del que ella procedía: eran idénticas, se comportaban igual en todos lados, con sus chillidos apresurados al acabar el día. Todo lo demás, en cambio, era diferente, como si no estuviera en la misma ciudad, bajo el mismo cielo.

Al principio esperó que Yolanda la presentase a sus amigos, pero enseguida se dio cuenta de que la cosa no funcionaba así e incluso sospechó que, en realidad, Yolanda no conocía a casi nadie. En un momento dado, la dejó sola para saludar a alguien y ya no volvió. Rosa fue a buscar una bebida y se quedó apoyada en la pared, al margen de todo. La gente que había allí era sofisticada y moderna; las chicas llevaban ropa que Rosa no solía ver, pantalones muy anchos pero tremendamente sexys, blusas con atrevidos escotes a la espalda y estampados geométricos. Aunque hacía un poco de fresco, ellas no parecían tener frío e iban con los hombros al aire. Muchas lucían cortes de pelo inauditos con flequillos muy rectos y rapados parciales. Eran de ese tipo de chicas abiertas de mente que no se escandalizan por nada salvo por la falta de gusto. Los chicos, guapos con sus camisas de lino y alpargatas, se movían con una distinción misteriosa, sonriendo a todo el mundo, también a ella. Uno de ellos le susurró: ¡relaciónate!, y luego se fue dejándola todavía más desconcertada. Había sillas plegables para sentarse, aunque muchos lo hacían directamente en el suelo, sobre alfombras de yute; el chico que había llevado al galgo afgano se recostaba en una tumbona sin dejar de acariciar a su preciosa posesión. En mitad de la terraza, una exuberante mujer marroquí, mayor que el resto, amasaba cuscús con las manos. Alguien explicó que esa era la forma tradicional de prepararlo, una elaboración que llevaba horas y horas. La mujer estaba tan absorta en su tarea que cuando Rosa se le acercó a hablar se limitó a sonreírle sin facilitar la conversación; Rosa no comprendió si era una invitada más o alguien a quien habían contratado para que hiciese ese numerito. Fue en busca de Yolanda y ella la saludó efusivamente, como si llevara años sin verla, pero enseguida se olvidó otra vez, mariposeando de un grupo a otro, resplandeciente con su vestido largo y la llamativa melena rizada. Se comportaba de manera distinta: más afectada, con un sentido del humor más hermético, dejando claro que ella estaba al tanto de las claves secretas de aquella gente.

Cuando se hizo de noche por completo, comenzaron a

circular bandejas con comida: empanadillas, brochetas de carne y manzana, quesos con panes de semillas. ¿Quién había preparado todo aquello? ¿Quiénes eran los anfitriones, los dueños de la casa? Rosa no entendía nada. La mujer del cuscús seguía amasando; al parecer aún quedaba un buen rato para lo que sería el plato principal. Rosa se sirvió un poco de cada bandeja en un plato de plástico, cogió otra cerveza y se sentó en el suelo a comer. Alguien le preguntó a qué se dedicaba; cuando ella contestó ya había varias personas alrededor, escuchándola. Habló con indiferencia y altivez, como si la opinión de todos ellos no le importase lo más mínimo, e hizo un par de bromas que nadie captó, o que no hicieron gracia. Más tarde, cuando la gente empezó a bailar, se quedó sentada, mirando y bebiendo. A partir de entonces, perdió la noción del tiempo. Todo se aceleró, se volvió confuso y turbio. Cuando más adelante quisiera recordarlo, le resultaría complicado poner las cosas en orden, qué sucedió primero y qué después.

De pronto Yolanda estaba ahí, con ella y con otras chicas, fumando marihuana y contando algo muy seria, una especie de confesión íntima a media voz, con esa cadencia ronroneante que esta vez parecía estudiada al detalle. La luz azul de una de las bombillas se proyectaba sobre su rostro duro y anguloso. Rosa pensó que no era tan guapa como aparentaba a primera vista. Es más, mirada con atención, resultaba casi fea, y si el conjunto funcionaba era solo gracias a un carisma que podía desaparecer de repente, sin aviso. Otras cuantas chicas se fueron alternando en sus relatos. Se desahogaban por turno, aunque ¿de qué? Rosa jamás habría creído que pudiesen tener problemas. ¡Parecían tan felices y sanas! Bebían y fumaban despreocupadamente. Algunas parejas se daban el lote en la terraza, otras habían bajado a las habitaciones de dos en dos o de tres en tres. Platos con restos de cuscús se extendían por el suelo, colillas y vasos sucios desperdigados, brillando entre las piernas de los que todavía seguían bailando.

Y, sin saber cómo ni por qué, Rosa empezó a hablar de Raquel. Sí, tenía una hija de dos años, dijo, y Yolanda la miró con severidad, ofendida, como si le hubiesen quitado el derecho a ser la primera en enterarse.

–¿Cómo es que no me lo habías contado antes? –preguntó.

Rosa respondió la verdad, si por verdad se entiende la realidad de los hechos expuestos. Pero no fue del todo sincera. Un halo de falsedad cubrió sus palabras, simplemente por el modo en que las usó, por lo que resaltó y lo que ocultó. No fue debido a una manipulación malévola: ella buscó consuelo como pudo, con torpeza. Expresó su tristeza –una tristeza auténtica y profunda–, pero lo hizo mal, porque esa tristeza estaba en otro lado, un lugar tan lejano que ni siquiera podía ser descrito.

En un momento dado abrió la cartera y enseñó la foto que guardaba, una foto ya antigua, de cuando Raquel era un bebé de siete meses, con los dientecillos inferiores asomando. La foto pasó de mano en mano entre exclamaciones; hasta Yolanda sonrió, pero para sus adentros. Rosa creyó que se había ganado el afecto, y quizá también la admiración, de sus oyentes. Más adelante ya no lo tuvo tan claro. Su historia tenía un resabio vulgar, casi ordinario. Son las mujeres incultas, las irrecuperables, quienes dejan atrás a sus hijos y combaten sus problemas mentales trabajando como mulas. A algunas de ellas los servicios sociales les quitan a los niños. Tal como contó su historia, Rosa parecía estar rozando ese límite. Quizá no obtuvo ni siquiera compasión. Quizá fue solo condescendencia, o la curiosidad que provocan los problemas ajenos. Quizá paternalismo revestido de asombro. Quizá nada. Quizá tal como se levantaron y se fueron a buscar otra bebida las chicas olvidaron todo. Quizá lo único que consiguió, sin preverlo, fue profanar la foto de su niña, mostrándola a quienes no merecían verla.

Al día siguiente no recordaba bien qué secretos había revelado. Sabía que no especificó algunas cosas, pero creyó que podían sobrentenderse. Yolanda le dijo que en ningún momento habló de cleptomanía y Rosa la creyó. *Cleptomanía* es una palabra demasiado fea para ser pronunciada, dijo, carece totalmente de atractivo.

–Pero es lo que tienes, ¿no? –la interrumpió Yolanda.

Confesar que tenía ese problema no la dejaba en buen lugar. Significaba admitir que en su interior vivía un monstruo insaciable, de una voracidad repugnante. Un monstruo que ni siquiera poseía los atributos seductores de otros monstruos. Puestos a elegir, había caídas mucho más atractivas, como el malditismo de la anorexia –esas chicas ojerosas y pálidas, todas ellas clavícula, pómulos y pelvis–, la adicción al alcohol o las drogas –aunque no en el caso de Mario, sino en el de personas distinguidas como las de la fiesta–, o incluso el magnetismo de la depresión, ese dolor inmenso y envolvente, subyugante y oscuro, de aquellos que se niegan a levantarse de la cama. Pero lo de ella, el monstruo que le había tocado en suerte a ella, era grosero y sucio. Bochornoso y abyecto. Feo. Intolerable, inmoral y feo.

Era verdad que había robado. A personas cercanas a las que defraudó su confianza, a quienes menos lo merecían. Pequeños hurtos, objetos que no necesitaba, casi nunca dinero, salvo que estuviese a la vista, reclamándola. Pero también a personas desconocidas y en pequeños comercios. Esto sí recordaba haberlo contado: que era una ladrona y que, si había escapado a un juicio, había sido de puro milagro. No se podía ser peor persona.

No era la única que lo pensaba. Por las miradas que le dirigía Yolanda ahora, supo que se acabaron las charlas amistosas y las invitaciones a fiestas. Ella, Rosa, era indigna de entrar en su mundo. No era más que una madre que abandona a su hija y que la oculta, una ladrona de la que no fiarse, que la obligaba a guardar sus pertenencias bajo llave. Una insensible que, al menos, contaba con la suerte de tener unos padres que se encargaban de la nieta. Y que todavía, ingrata como pocas, se permitía el lujo de quejarse.

Poca Pena camina muy pegado a sus pies, con su gracioso trotecillo de patas cortas. No es necesario llevarlo con correa porque no se distrae ni un momento ni le quita ojo de encima. Con sus desproporcionados bigotes, el pelaje ahora limpio y brillante, Poca Pena llama la atención de mucha gente. Un niño se para a acariciarlo; Poca Pena mira a Rosa como pidiendo permiso para devolver la cortesía. Mueve el rabito, suelta un ladrido gozoso y sigue adelante, recuperando el ritmo. Cuando llegan al hospital Rosa se da cuenta de que no podrá dejarlo en la puerta del edificio, tal como pretendía, sino bastante más lejos, porque no está permitida la entrada de perros en todo el recinto hospitalario, que es enorme. Poca Pena escucha sus instrucciones con la cabeza ladeada.

—Quédate aquí —le dice señalando un kiosco de prensa—. Quieto. No te muevas hasta que vuelva.

El kiosquero le dice que no se preocupe, que él se encarga. Rosa se lo agradece, se va corriendo para tardar lo menos posible.

Aun así, tarda. Primero porque tiene que esperar la cola en atención general. Luego porque no es fácil localizar al paciente, si es que llegó allí, a ese hospital. Rosa concreta el día y la hora en que se lo llevaron. Lo recogieron en la calle tal, a tal altura, probablemente se cayó, alguien debió de avisar a los servicios sanitarios. Un amigo, sí. Bueno, un conocido. Es que ella se ha quedado con su perro y no sabe qué hacer. Mario. No, ni idea del apellido. ¿Edad? Unos cincuenta, quizá algo más, es difícil saberlo. Llevaba camiseta roja y... Da igual la ropa, eso no lo apuntan ahí, le dice la administrativa que la atiende. Tiene suerte de que sea alguien con buen corazón y, sobre todo, con paciencia. No debe de haber tantos ingresos en el mismo día con ese nombre, añade mientras revisa en la pantalla del ordenador un listado. Mueve los labios en silencio, casi imperceptiblemente, repasando los nombres, concentrada en su trabajo. Apunta algo, continúa con la vista clavada en la pantalla. Rosa recuerda con inquietud a Poca Pena. Está pensando en salir y volver otra vez, solo para asegurarse de que sigue ahí, cuando la administrativa se vuelve hacia ella, suelta un breve suspiro. En sus ojos clarísimos algo ha cambiado. Una sombra, de pronto. Un velo.

—Aquí me sale un Mario. Mario Martín Gil. Vino solo, lo trajeron los de emergencias. Ingresó en la UCI. ¿Puede ser ese?

—¿Mario Martín? Puede ser. ¿Qué más datos hay?

—Nada, aquí solo se registran los ingresos y las altas. ¿Puede ser entonces Mario Martín Gil? —repite.

—Puede ser, pero ¿está ingresado? ¿Se le puede ver?

La respuesta se demora un par de segundos. Con todo, Rosa no comprende hasta que lo oye.

—Murió al poco de llegar. Era un infarto.

—Murió.

Rosa tartamudea. Murió. Era un infarto. Eso fue lo que le dijo a Yolanda, creyendo que mentía. Y sin embargo era la verdad. Mario tuvo un infarto en plena calle y lo trataron como se trata a un borracho, con superioridad y desdén. Un borracho que se tambalea y se cae, que se desorienta de tanto alcohol como lleva en el cuerpo. Irresponsable y sucio. Se lo llevaron sin prisas, con desgana. En medio de reproches.

La administrativa le indica dónde debe pasar si quiere informarse acerca del cuerpo. Si nadie lo ha reclamado, explica, estarán todavía buscando a su familia. Mínimo hay que esperar quince días antes de hacer algo. El proceso es largo en estos casos, explica, y le da una especie de pésame.

–Lo siento. Vas a tener que quedarte tú con el perro.

Ay, Poca Pena. Rosa le da las gracias, va corriendo a buscarlo. Ya volverá mañana, sola y con más tiempo, a averiguar qué ha sido del pobre Mario. De su cuerpo.

Al verla de lejos, Poca Pena salta de alegría. Según cuenta el kiosquero, no se ha movido de allí en todo el tiempo.

–Es listo tu perro, ¿eh? –dice admirado.

Rosa se agacha para acariciarlo. Siente que tiene que darle la noticia, que, mientras no le diga la verdad, el perro estará preocupado innecesariamente. Pero por el momento no le salen las palabras.

Han ido al río, más allá del paseo marítimo, donde ya no hay terrazas para tomar nada ni bancos para sentarse ni paseantes ociosos, solo un camino de tierra cubierto de maleza, algún ciclista despistado, ratas de agua, nubes de mosquitos, un coche abandonado. Rosa no está muy convencida de que ese sea el lugar idóneo, no hay placidez ahí, nada más alejado del *locus amoenus*, la hierba sequísima en verano, achicharrada, matojos y pinchos, culebrillas. Pero no es para toda la eternidad, se dice, porque es un río, agua que se mueve y que desembocará en un lugar mejor, y es donde pueden hacerlo con intimidad y es, sobre todo, donde acordaron, tras un breve y civilizado debate en el que también se sugirieron otros sitios posibles, como el parque –no, demasiada gente–, el mar –está muy lejos, y al final es lo mismo– o la catedral –extraña sugerencia desechada enseguida, porque ¿hay constancia de que Mario fuese católico?

Las cenizas las lleva con cuidado el dueño del bar, que fue quien movió todos los hilos tras el aviso de Rosa. Claro que lo habían echado en falta, pero fueron solo unos días, quién podía imaginar... lo que Rosa llegó contando. No hubo sorpresas ni aspavientos, aunque sí una aflicción sincera entre los parroquianos que se acercaron a preguntar, Mario, pobre hombre, cuándo es el entierro. Gran pregunta: cuándo es el entierro. Rosa, con Poca Pena pegado a sus pies, les contó lo que a su vez le habían dicho en el hospital, toda esa relación de trámites tediosos que había que seguir, burocracia forense, incomprensible como todas las burocracias. Por eso había ido hasta allí, no solo para informar sino también para preguntar.

–¿Alguien sabe cómo podemos contactar con la familia?

El dueño del bar, discreto, digno, movido más por un hondo sentido del deber que por un efímero sentimentalismo, dijo que él se encargaba. Algo ya debía de saber al respecto; Rosa no preguntó detalles, por prudencia y respeto.

Al día siguiente un polaco la paró en mitad de la calle porque reconoció a Poca Pena.

–¿Eres tú la señora que ayuda? –le preguntó.

La señora que ayuda. Nunca le habían dicho nada más bonito y, a la vez, más equivocado. Ojalá, pensó Rosa, pero asintió para simplificar. El polaco le dijo que era uno de los muchos que vivía en el piso de Mario. Le habló confusamente de la mujer y la hija de Mario, que iban a mandar dinero para los trámites y la incineración, pero que no querían hacerse cargo de las cenizas. Luego le contó que trabajaba de aparcacoches. Le había ofrecido a Mario hacer turnos, pero él pasaba, se negaba en redondo.

—Muy señorito era —dijo riendo, y a Rosa le hizo gracia que conociese la palabra *señorito,* que pronunció como si fuese aguda, *señoritó.*

No todos lo apreciaban, dijo después, muchos se metían con él porque era viejo y no sabía defenderse, y también porque no era de fiar, a la mínima que te dieses la vuelta te robaba, aunque después te lo devolvía, eso era así, tal como lo contaba, y se besó los dedos para jurar. Era un hombre bueno, reconoció. Su único problema era que le daba a la botella más de la cuenta, pero quién no, dijo. Luego soltó una carcajada y señaló a Poca Pena.

—Allí único que no bebía era este.

El desfile funerario tiene su gracia, como sacado de una película neorrealista. Rosa lo analiza todo desde fuera, pero luego, a medida que se acerca el momento, entra en la escena y se deja llevar. Están ahí, con las cenizas de Mario, el dueño del bar y su mujer, el polaco, otro compañero del polaco —este es búlgaro— muy callado porque aún no conoce el idioma, dos parroquianos del bar que siempre andan discutiendo pero que ahora caminan muy compenetrados, una anciana medio monja que a Rosa le suena de no sabe qué, ella y Poca Pena: ocho personas y un perro.

—¿Cómo os llamáis? —pregunta Rosa inesperadamente.

Hasta ella misma se sorprende.

—Estaría bien saber cómo nos llamamos —aclara, aun sin saber por qué estaría bien—. Yo soy Rosa.

—Yo, Bruno —dice el polaco, que lleva una camiseta sin mangas y luce tatuajes de dragones y cobras.

—Bogdan —dice el búlgaro.

Rosa tiene que pedirle que lo repita. La anciana medio monja se ríe.

–El mío es más fácil: María.

–Igual que yo –dice la mujer del dueño del bar–. Aunque a mí todo el mundo me llama Mari.

–En verdad es Mari Carmen –dice su marido–. Pero no le gustan los nombres compuestos. Fíjate que yo siempre he sido Pedro Pablo. Pues desde que me casé con ella Pedro a secas.

Uno de los parroquianos levanta la mano.

–Eugenio. Y él –dice señalando a su compañero de peleas–, él es Santiago.

Santiago no dice ni mu. Debe de parecerle una tontería esa presentación ahora, como si se tratara de una excursión escolar. Rosa enumera para sus adentros: Mari y Pedro –a secas–, María, Bruno, Bogdan, Eugenio y Santiago. Cinco hombres, tres mujeres, un perro.

Poca Pena está contentísimo con el paseo. Escarba en todos lados, con los bigotes sucios de tierra, y mea en cada matojo. Eso los retrasa, pero lo esperan. En una de sus carreras se tira al suelo para quitarse de la patita un pincho que se le ha clavado. Rosa acude en su ayuda.

–Muy *señorító* el perro, como dueño –ríe Bruno.

Señorító o no, Rosa va a cuidarlo. Ella ahora es la señora que ayuda, ¿no es así? Yolanda ya le ha dado un ultimátum. No puede tener el perro en el piso y punto. También ha dicho, ronroneando, que no entiende cómo algunas personas se vuelcan tanto en los animales cuando pasan de su propia familia. Estas palabras guardan en su interior una bomba de racimo, pero Rosa no entra en la provocación. A ella no le afecta lo que Yolanda diga o piense. Ya no. De hecho, le da la razón a la primera: abandonará el piso en cuanto encuentre una alternativa, y será pronto. Está buscando de nuevo un piso para compartir. Pero esta vez lo compartirá con una persona mucho más pequeña, menos imprevisible. En concreto, con una niña. Su niña. De estos planes no le dice nada a Yolanda, porque sonaría a excusa o a defensa. Prefiere guardárselos para ella sola, atesorarlos y saborearlos con calma. Tiene que aprender otra vez a saborear las cosas, como hace Poca Pena cuando le lame las manos, despacito.

El sol ha desaparecido casi por completo, ensanchándose primero, achatándose después, anaranjado, bermellón, medio círculo, un tercio, una línea. Pero qué calor, todavía. Se oyen las chicharras, su canto mortuorio en homenaje a Mario, constante y apático. María murmura una oración, todos callan y escuchan con los brazos cruzados. Amén, dice Bogdan. Amén, dicen todos. El cielo tenso, expectante, cambia de color segundos antes de que Pedro –a secas– arroje las cenizas al agua achocolatada y tibia, que se las traga sin más ceremonia. De pronto, Rosa se ve otra vez desde fuera. Qué extraño, piensa, estar junto a todos esos desconocidos y ese perrillo que corretea feliz entre sus piernas. Una pequeña decisión –la de cogerlo– condujo a otra y luego a otra y otra, hasta llevarla al punto donde está. No hay grandes decisiones, se dice, solo una ristra de pequeñas, incluso diminutas, decisiones, tomadas casi por azar, aunque en realidad no. En realidad, tomadas con titubeos pero también con audacia, una a una, paso a paso, libremente. Tomadas para bien.

EL TÍO ÓSCAR

Sentados en la mesa de la cocina, como si el hecho de estar allí esquinados los protegiera de las críticas, Madre y el tío Óscar comían palos de nata. De primeras, Madre había rechazado los pasteles –es la una de la tarde, ¿estás loco?, dijo–, pero no hubo que insistir demasiado. Satisfecha, con ojos ávidos, se chupaba los dedos antes de atacar el tercero, dando muchas explicaciones.

–Bueno, por un día tampoco va a pasar nada. Además son pequeños.

El tío Óscar la miraba divertido. También él era goloso y tendía a coger kilos con facilidad. La barriga le sobresalía acomodada entre sus flacas piernas abiertas. En su caso, no era solo por los dulces. También le gustaba beber.

–¿Pequeños? Bueno, son... como son. Oye, ¿no crees que deberíamos dejarles a los niños?

–Pues no sé qué decirte. Damián está a dieta.

–¿Tu marido?

–No, hombre. El niño.

–¿Otra vez? ¡Pobrecito!

–Es por su bien.

–Ah, la razón de siempre. Por su bien esto, por su bien lo otro. A mí me da pena, está creciendo, bastante tiene ya con todo lo que le pasa a uno cuando crece. ¿Y los demás? ¿Qué culpa tienen los demás? ¿Tampoco van a poder comerse uno?

Madre rió nerviosamente, tragando un último bocado.

—Mejor que ni los vean. Imagina qué duro sería para Damián que sus hermanos puedan comer pasteles y él no.

—A mí me da que es tu marido quien no quieres que los vea.

Una sombra cruzó por la mirada de Madre, oscureciéndola.

—No digas tonterías.

La cocina era pequeña, un cuadrado con azulejos grises, muebles grises y una ventana que daba a un estrecho patio de luces. Desde allí se oían las voces de los vecinos, el sonido de las cuerdas de tender enrollándose y desenrollándose, las peleas y las risas, los gemidos y también algún llanto. El tío Óscar se asomó a mirar. Abajo había macetas con plantas, una enorme tortuga y una palangana llena hasta los bordes de agua verdosa.

—¿A qué hora llega?

—¿Quién?

—Tu marido, ¿quién va a ser?

—Sobre las dos y media. Un poco después que los niños. Siempre lo esperamos para comer. Y deja ya de llamarlo *tu marido*. Tiene un nombre.

El tío Óscar hizo como si no la hubiese escuchado.

—¿En qué está metido ahora?

—¿Cómo que en qué está metido?

—No te pongas a la defensiva, no te estoy preguntando nada raro. Tu marido siempre está metido en algo. En la lucha contra esto o el apoyo a lo otro. Recaudando para una causa o difundiendo no sé qué principios. ¿Sigue metido en eso de la cárcel?

–La ODEPRE.

–¿La qué?

–Organización de Defensa de los Derechos de los Presos.

–Eso.

–Bueno, hace lo que puede.

–¿Qué significa hace lo que puede? ¿Sigue o no?

–No, eso lo dejó. Ahora está con un proyecto para los mongolitos. Los niños con síndrome de Down, ya sabes.

–¿Y qué pasó con los presos?

–Pues nada. Tuvo algunas diferencias con otros miembros de la organización. Al parecer se la estaban jugando a sus espaldas. Malversando fondos o algo así, de las subvenciones que recibían y los donativos y todo eso. Y encima a él lo ponían a dar la cara, lo utilizaban sin tener en cuenta los riesgos. Un día uno de los presos, uno que estaba sindicado, creo, casi le da una paliza.

–¿Estás en serio?

–¿Por qué iba a bromear?

–Madre mía.

Soltó una carcajada que mosqueó a Madre mucho más de lo que estaba dispuesta a reconocer.

–No le veo la gracia.

–No, ya, si no la tiene, perdona. ¿Los presos tienen sindicatos?

Madre lo miró de reojo, dudó.

–Yo qué sé. Anda, deja ya de preguntar tanto.

–Vale, vale. Volvamos a poner los pies en la tierra. Las cosas concretas, facilitas. ¿Qué hacemos con los palos de nata? Van a llegar los niños.

–Mmmmm... Los escondemos, ¿no?

–Muy bien, los escondemos.

Al tío Óscar le gustaba provocar. Le gustaba muchísimo. Como sabía que en aquella casa no se bebía alcohol, llevaba a la mesa su propia petaca de whisky, a la que iba dando sorbos entre cucharada y cucharada de garbanzos. Hablaba en voz muy alta, interrumpía constantemente a Padre y soltaba grandes risotadas, palmeándose los muslos. Se ponía unos picos de pan a los lados de la boca, sujetándolos con el labio superior, como si fuese una morsa. Decía tacos y contaba chistes guarros, de cacas y pedos, mirando a sus sobrinos de reojo para forzar que se les escapara la risa. Se complacía en hablar mal, decía *intierro, mondarina, almóndiga*. Con su conversación en apariencia inocente, sus preguntas como dardos y sus comentarios excéntricos acorralaba a Padre sin pretenderlo. Sus visitas, que los niños deseaban en secreto, resultaban también duras y tensas. Por un lado, les parecía gracioso y ocurrente, por otro sabían que era un foco seguro de conflicto: cuando se marchaba, Padre y Madre discutían durante horas, días, semanas, y el tema era siempre él, el tío Óscar.

Con el tiempo entendieron que quizá esa actitud no buscaba ser provocativa. Quizá el tío Óscar era así, expansivo, desacomplejado, alegre y bromista, sin que mediara intención alguna de desacreditar a quienes no eran como él. Quizá, simplemente, no se doblegaba, y eso, su total independencia de carácter, era algo que a los niños no les podía entrar en la cabeza. Lo que interpretaban como una tremenda osadía, casi como un insulto, para el tío Óscar en realidad no era nada.

En aquella ocasión se iba a quedar una semana completa por un motivo relacionado con su trabajo, algo que explicó por encima mientras los mayores tomaban café –él, acompañado por su petaca– y los pequeños leche con galletas. El tío Óscar era representante de una marca de electro-

106

domésticos y viajaba a menudo, incluso al extranjero. Era capaz de enlazar una historia con otra sin parar, anécdotas y enredos protagonizados por encargados de grandes almacenes, camareras, recepcionistas de hotel o colegas de otras empresas, que adornaba con silbidos y onomatopeyas. Padre le interrumpió cortésmente.

–¿Y no aprovechas, ya que viajas, para visitar algún museo o monumento, para ir al teatro...?

–No. Lo más intelectual que hago es leer un par de páginas del Nuevo Testamento que dejan en la mesilla de los hostales. ¿Eso cuenta como experiencia cultural?

Y estalló en carcajadas.

Esos días estaba promocionando un nuevo modelo de lavavajillas. Uno menos ruidoso, con gasto mínimo de luz y de agua y un moderno sistema de bandejas que dejaba toda la vajilla y la cubertería tan impoluta como si la hubiese lamido una camada de gatitos. Si ellos querían, dijo, podía conseguirles un aparato con un sustancioso descuento. La verdad, lavar a mano los platos de una familia de seis miembros le parecía una heroicidad. Incluso ellos, que solo eran dos –la tía Luisa y él–, habían comprado uno y lo usaban a diario.

–Lavar a mano no es ninguna heroicidad –dijo Madre–. Heroicidades son otras cosas, creo yo.

–Pues nosotros dos lo usamos muchísimo –repitió el tío Óscar–. Tiene una opción de media carga que está muy bien.

–¿Y qué me importa a mí la media carga? Eso es para vosotros. En esta casa somos muchos más, no se usaría nunca.

–En esta casa no se usaría ni la media ni la entera –intervino Padre.

–Pues a mi hermana le vendría muy bien, permíteme

que te lo diga. Es silencioso y rápido. Una vez que lo pruebas, ya no hay marcha atrás. La comodidad engancha que no veas.

–No todo en esta vida es la *comodidad.* –Padre subrayó la palabra ahuecando la voz–. También hay que considerar el despilfarro. Gastar por gastar, derrochar y derrochar. A eso es adonde nos está encaminando tu modernidad. En esta familia somos mucho más *antiguos* –ironizó–. Más partidarios de la moderación. ¿Sabes lo que decía Gandhi?

–Montones de cosas, ¿no? Gandhi diría montones de cosas.

–Sí, pero respecto a la moderación, ¿sabes lo que decía?

–No, claro que no lo sé, dímelo tú, ¿qué decía?

–Que la moderación es el primer pilar de la justicia.

–Bueno, pero no creo que se refiriera a los lavavajillas –rió–. Estaría hablando de la moderación política, digo yo.

–Dices tú sin saber. Se refería a la moderación frente al despilfarro. A una cuestión de recursos. Puedo buscarte el contexto exacto donde lo dijo.

–Pero ¿de qué despilfarro hablas, cuñado?

–Del de agua, por ejemplo.

–Ah, no, ahí te equivocas, perdona que te corrija. Se ha calculado que lavando a mano se gasta bastante más agua que usando un lavavajillas.

–¿Y la luz? –dijo Madre sin que nadie la escuchara.

–Pero ¿por qué deberíamos tener un lavavajillas? –siguió Padre–. ¿Porque lo tiene todo el mundo? No hay nada malo en lavar los platos a mano. No hay ninguna indignidad en el trabajo manual. Empezamos atacando la humildad del trabajo y acabamos atacando el trabajo por completo. La mecanización...

–No he dicho que sea malo. Es un coñ... un incordio –se corrigió para alivio de todos.

Padre apuró su taza de café, se levantó dando por finalizada la conversación. En ese momento, inclinado hacia delante, como si estuviera de puntillas, se le veía más pequeño, más frágil.

—La mecanización es una dictadura —sentenció.

—Hombre, una dictadura...

—Y espero que no te molestes, Óscar, pero a mí no me valen tus argumentos comerciales. Resérvatelos para tus clientes, de verdad. Ahora tengo que trabajar un rato en mi despacho. Os ruego que me disculpéis.

—*Os ruego que me disculpéis* —dijo el tío Óscar más tarde, remedándolo—. ¿Por qué tiene que hablar así? ¿Lo hace todo el tiempo?

Martina, que acababa de entrar a coger un vaso de agua, se rió entre dientes. Madre lo reprendió.

—Por Dios, Óscar, delante de los niños... Me vas a buscar una ruina.

Pero ella también estaba alegre. El tío Óscar tenía el poder de hacer divertido lo que no tenía ninguna gracia, era imposible no pegarse a él como una mosca. En tan solo unas horas, el elemento disruptivo ganaba tantos. Martina se rezagó, sentándose en sus rodillas y serpenteando con coquetería, como hacía tiempo que no se le permitía.

—¿Y cómo te tratan aquí, Martina?

—Bieeen... Muy bieeeen...

—¿Te aburres?

Martina miró de reojo a Madre, que estaba recogiendo la cocina. ¿Qué grado de sinceridad le estaba permitido?

—No. —La miró de nuevo, buscando su aprobación—. Bueno, un poco.

—¿Un poco? ¿Solo un poco?

El tío Óscar le hizo cosquillas hasta que ella se tiró al suelo, llorando de la risa y pataleando. Madre les pidió que pararan; molestarían a Padre con tanto escándalo. Envió a Martina de vuelta a su cuarto. Tenía que hacer los deberes, dijo. Los demás –Damián, Rosa, Aquilino– ya los habían acabado. Desde muy niños habían aprendido que, antes que nada, hay que dar prioridad a las obligaciones. A Martina le estaba costando más trabajo aceptarlo, siempre encontraba excusas para despistarse. Todavía no tenía consolidado el hábito, como los otros. Al decir *hábito,* subrayó con la entonación la palabra, como hacía Padre. El tío Óscar se frotó el entrecejo, reflexionando. De repente, se había puesto muy serio.

–Escucha, hay algo que no entiendo.

Madre apilaba en el escurridor los platos enjuagados, esforzándose para no hacer ruido. Se volvió a mirar a su hermano por encima del hombro.

–Vaya por Dios. ¿Qué es lo que no entiendes ahora?

–Todo esto...

El tío Óscar se levantó y giró sobre sí mismo, señalando con el brazo la cocina y lo que se veía más allá del pasillo.

–Esto... Cómo vivís... Si hasta Luisa y yo vivimos mejor.

–¿A qué te refieres? Vivimos muy dignamente.

Madre metió los brazos en el agua hasta el codo. Empezó a frotar y frotar una cacerola llena de espuma. En su energía había una buena parte de rabia desparramándose hacia fuera. El tío Óscar, de pie, mirándola, con la camisa de cuadros mal remetida en el pantalón de pinzas, los cercos de sudor bajo los sobacos, unos tirantes burdeos sujetándole la barriga y los zapatos a juego, ofrecía un aspecto lamentable pero simpático. Ambos se parecían en cierto modo –guapos, excesivos y no muy elegantes–, pero lo que en él se manifestaba con atractiva expansión en ella se sentía reprimido y oculto. Él ya se había fijado en las líneas que descendían desde su nariz a las comisuras de los labios: las arrugas de la amargura.

—Me cuesta trabajo entender que, siendo tu marido un abogado tan reconocido como dices, no podáis permitiros vivir en un sitio mejor. Este piso, esta zona, es..., no sé..., hay algo que no me encaja.

—No sabía que fueses tan elitista.

—¿Elitista? Pues sí, debo de serlo. Me parece que con un sueldo de abogado, y todos los extras y las dietas y... y... esos incentivos de los que a veces habláis, podríais llevar una vida mucho más cómoda. Ni siquiera tenéis coche. Ni televisor. ¿Dónde se ha visto una casa sin televisor?

Madre resopló.

—¿Ya estás otra vez con tu rollo de los aparatos?

—No, no es por los aparatos. Aunque sí, qué coño: también son los aparatos.

—Damián no se hizo abogado para enriquecerse.

—Nadie habla de enriquecerse.

—Yo creo que así estamos muy bien. Él dona parte de su sueldo a algunas causas. Es generoso con su dinero y también con su tiempo. Ha estado difundiendo la filosofía de Gandhi en los colegios, dando charlas por la tarde a los alumnos y a los padres. Ha organizado colectas, seminarios... Ya sé que te ríes, pero acuérdate de los presos: asesoraba a los que no podían pagarse una defensa. Muchas personas no lo entienden. Cuando alguien no coloca el dinero en lo alto de una pirámide ni lo adora como a un dios supremo, se sienten aludidas y atacan. Hasta sus compañeros de bufete se la tienen jurada. Por lo visto son una panda de ambiciosos y trepas. Le ponen zancadillas, le hacen la vida imposible. Si encima viene aquí y no lo apoyamos, figúrate.

El tío Óscar se había vuelto a sentar, llevándose la mano

a la frente como si le doliera la cabeza. Se le veía desproporcionado, su cuerpo enorme como en equilibrio en ese taburete tan pequeño.

—Joder, Laura —dijo—, no sé de qué me estás hablando. ¿Eres su representante o qué? Yo solo digo que hay algo en él que no es normal.

Madre estaba ya en la fase de secado. Pasaba la bayeta por la encimera una y otra vez, obsesivamente. La escurría, saltaban unas gotas, las limpiaba, volvía a escurrirla.

—¿Por qué no es normal? Es muy fácil burlarse de él. Solo porque habla con corrección y le gustan los buenos modales en la mesa. O porque lee sus libros de filosofía y es pacifista y defiende ideales que a ti te parecen ridículos. Dime qué hay de malo en eso.

El tío Óscar reflexionó un rato.

—Supongo que nada —dijo al fin—. Pero míralo por el otro lado. Él sí cree que lo que hacen los demás es malo. Todo lo que yo hago, por ejemplo, es malo. ¡Qué digo malo! ¡Intolerable! Estoy gordo y bebo whisky y hablo fatal y cuento chistes verdes y no voy a museos ni leo poesía y me dedico a vender electrodomésticos a cual más inútil y no creo que haya nada heroico en lavar pilas de platos a mano y me gusta sentarme a devorar montañas de palos de nata y a tocarme la minga.

—¡Basta! —Madre estaba a punto de reír otra vez.

La enumeración que acababa de hacer el tío Óscar buscaba justo ese efecto. Había movido mucho las manos, acelerado el habla y falseado la voz para rebajar la tensión. El tío Óscar no tenía la pretensión de ganar, y mucho menos a su hermana. Ante la disyuntiva de enfadarse o ceder, siempre estaba dispuesto a ceder. Sin embargo, aunque nadie lo hubiese notado —era un excelente actor—, esta vez le había costado mucho esfuerzo reprimirse.

Durante esa semana la casa se les puso patas arriba por completo. El tío Óscar se iba por la mañana con su maletín de polipiel y su traje de chaqueta barato, que a los niños les parecía de lo más fino. Le tiraban de la corbata como si fuese un payaso de feria y él fingía enfadarse. Rugiendo como un león, los perseguía dando vueltas a la mesa donde desayunaban mientras Padre, sin protestar, miraba por encima del periódico. Almorzaba fuera y regresaba a media tarde, cuando estaban liados con la tarea. Para pasar el tiempo hasta la hora de la cena, se metía con Madre en la cocina y se hacían rabiar mutuamente. Los niños los oían reír, discutir y, si se acercaban con sigilo, incluso susurrar. Intuían que Padre no aprobaba esos intercambios, aunque no decía nada. Encerrado en su despacho, solo asomaba a husmear de vez en cuando, pero su tono inquisitorio de costumbre había sido sustituido por otro más tímido, como si a cada paso que diera el tío Óscar él reculara otro, acobardado. En cuanto a Madre, la veían oscilar, mudarse el traje varias veces al día y, no en menor proporción, sufrir. Ella hubiese querido conciliar intereses sin señalarse, es decir, salvando el pellejo, pero hasta los más pequeños comprendían que eso, conseguir la armonía, era una empresa imposible.

La observó confundiéndose al colocar los cubiertos en la mesa y siendo reprendida por ello. Le reconfortó ver que no le afectaba; corrigió el error y siguió a lo suyo con mucha calma. Tras haber asistido ya a varias cenas, el tío Óscar notaba palpables diferencias entre el modo de actuar de los otros sobrinos y el de Martina, aunque entre los primeros también había variaciones. Damián, el mayor, era el más influenciable, siempre buscaba agradar y nunca lo conseguía, mientras que Rosa, a menudo enfurruñada, cabezota y hostil, solo quería que la dejaran en paz. Aquilino, el pequeño, era con diferencia el más gracioso y el más desvergonzado, también el más listo, había aprendido a moverse con soltura en aguas tan difíciles. Pese a todo, los tres estaban marcados por una profunda y remota ignorancia, por la carencia de un conocimiento cabal de la vida más allá de esos muros. Era increíble, pensó el tío Óscar, que ni siquiera el colegio les ofreciera suficiente contraste. Tal vez más adelante, cuando se adentraran en la adolescencia –y Damián ya estaba asomando la cabeza–, las tornas cambiarían, pero de momento ahí estaban, sumisos en la superficie pero agitadísimos por dentro, de un modo que ni siquiera ellos entendían. Pero Martina venía de otro lugar. Aunque se adaptaba con docilidad, unas veces parecía sorprendida y otras decepcionada. Era como si, pasara lo que pasara, se mantuviera aparte. Martina solo tenía doce años, pero, a diferencia de los demás, ya sabía que la vida puede tener muchas caras: ella había visto otra. El tío Óscar sentía, más que pena por ella, pena por sí mismo y, sobre todo, pena por su mujer, que habría acogido a su sobrina con los brazos abiertos si las cosas se hubiesen organizado de otro modo.

Ellos no tenían hijos, no habían podido. Cuando la madre de Martina murió, agobiados por la inseguridad y las dudas, dejaron que fuese la abuela quien se encargara de la niña, que por entonces tenía ocho años. Adoptarla en ese momento habría sido como reconocer su fracaso: en eso los dos estuvieron de acuerdo sin necesidad de decirlo. Fueron egoístas, desconsiderados y débiles, pero no tanto como más adelante, cuando murió la abuela y perdieron por segunda vez la oportunidad. Lo peor era que él sabía, con una certeza indemostrable, que la madre de Martina habría preferido que su hija se criara con ellos. Aunque ¿quién pregunta a los muertos? Es el argumento más odioso de todos, el que apela a quienes ya no pueden pronunciarse.

—Estás muy callado, Óscar. ¿No quieres más pollo? —dijo Madre, sacándolo de la abstracción.

—No, no, gracias.

—Quién lo diría, lo poco que estás comiendo hoy. ¿Estás seguro? ¿Un poco más? Hay de sobra.

—No, en serio.

Se enjugó la frente con la servilleta. Padre miró de reojo. Todos pensaron en lo inadecuado del gesto: qué guarrería. Nadie dijo nada.

—Me estaba acordando de mamá —dijo dirigiéndose a Madre—. A veces me parece que fue ayer cuando estaba ahí.

—Ah, mamá. Pues ya va para un año. —Madre cambió de tema, incómoda—. Bueno, ¿traigo ya el postre?

Habían tenido sus más y sus menos. Madre había sacado sus armas para hacer valer sus derechos. El tío Óscar nunca supo si fue solo cosa de ella o si detrás estaba también Padre, azuzándola. Utilizó razonamientos tramposos y retorcidos: *estará mejor con los primos que sola* —aunque los primos apenas la habían tratado antes—; *nosotros ya tenemos práctica cuidando niños* —bueno, solo sus niños—; *yo estoy siempre en casa, pero vosotros viajáis continuamente* —en realidad, el que viajaba era él, no Luisa—; y el mejor argumento de todos, el más contundente, que decía bajando la voz y entornando los ojos con mucho sentimiento: *le hace falta una reeducación completa*. Recordó la conversación que habían tenido un par de días antes en la cocina, la de los profundos ideales, la lucha por las causas perdidas y el proselitismo como bandera. Miró el melocotón en almíbar y le dieron ganas de vomitar. Llenándose un cuenco hasta arriba, Martina, con las paletas separadas y la ligera bizquera de sus ojos caídos, le sonrió desde el otro lado de la mesa.

—¡Aprovecha, tito, nunca tomamos de esto!

—Martinita, no seas injusta, cualquiera diría que te matamos de hambre —intervino Padre—. Lo único que ocurre es que el almíbar no es lo más saludable del mundo. La fruta ya contiene suficiente azúcar en sí misma como para añadirle más. Pero no somos tan severos como quieres hacer creer a tu tío, ¿no te parece?

Martina lo miró sin entender, tragó asintiendo y a continuación negó, confundida. Dios, pensó el tío Óscar, no es una niña guapa, no es ni de lejos como Rosa ni como su madre, pero qué expresiva es, qué fuerza tiene. Saldrá adelante.

El último día les llevó regalos. Por la mañana, a la hora del desayuno, preguntó a cada uno qué quería. Muy educadamente, los niños le dijeron que no querían nada y que, además, estaban en contra de los regalos porque son una manifestación material del cariño, cuando el cariño, por razones obvias, no necesita expresarse a través de la materia. ¿Cómo que estáis en contra de los regalos?, les preguntó el tío Óscar sin dar crédito. Podréis negaros a hacerlos, pero no podéis negaros a aceptarlos, ¿no es así? Para esto ellos no contaban con una respuesta y, sorprendentemente, Padre no fue a su rescate. Permaneció sentado al lado muy callado, interesado en la revista que tenía entre manos, una revista de filosofía que cogía de vez en cuando para releer, gastadísima de tanto manoseo. Los niños lo miraron de refilón y, ante su silencio y la insistencia del tío Óscar, cada uno pidió lo que le pareció, susurrándoselo al oído no sin cierta sensación de culpa. Por la noche, el tío Óscar volvió con una

116

bolsa llena de paquetes. Damián y Rosa tenían sus libros, Aquilino su bloc de dibujo y una caja de témperas y Martina el regalo más grande de todos, el mejor: una rueda de la moda, el juguete que todas las niñas entonces deseaban, un sofisticado sistema de patrones con combinaciones de lo más modernas: chaqueta con minifalda y sombrero, blusita con pantalón campana y boina, body con mallas y diadema, etc. Martina palmoteaba de alegría. Pero los demás, sin que nadie les hubiera dicho ni una sola palabra al respecto, sabían que ese juego era completamente inapropiado, improcedente, erróneo. Acababan de desenvolver los regalos cuando Madre fue corriendo a quitárselos de las manos. Ese no era el momento de jugar, dijo. Aunque quedaban todavía dos horas para la cena, les hizo poner la mesa y sentarse a esperar. Como Padre seguía encerrado en su despacho, al tío Óscar le dio por pensar que Madre estaba tratando de ocultar los regalos para que no los viese. Los mismos niños se lo oyeron preguntar en la cocina, inusualmente enfadado.

–¿Por qué no quieres que los vea? ¿Qué hay de malo? ¡Son niños, coño!

La respuesta de Madre no la oyeron.

Todas las noches le había costado mucho dormirse, pero esta vez, la última, le estaba resultando imposible. El tictac del despertador, que había llegado a tener un efecto aletargante, le estaba poniendo ahora de los nervios: le sacó las pilas con furia y esperó un poco más a conciliar el sueño, sin éxito. Tumbado en la incómoda cama nido del cuarto de invitados, escuchando el lejano rumor de la carretera, sintió una repentina claustrofobia. Descalzo, de puntillas, se levantó al salón y se quedó un rato en el sofá, a oscuras. Después se encaminó, sigiloso, al despacho de Padre, sin saber bien qué tipo de impulso lo guiaba —¿curiosidad?, ¿morbo?, ¿ira?–. Cerró la puerta y encendió la lámpara de mesa que iluminaba débilmente el tablero. Se sentó. Empezó a tomar papeles y a dejarlos donde estaban sin apenas mirarlos: facturas, correspondencia comercial, notas sueltas que él supuso que tenían que ver con su trabajo de abogado. Vio también una agenda, un calendario con frases de Gandhi, la guía de teléfonos, un diccionario de sinónimos, otro de alemán, dos ejemplares de *Filosofía o Muerte, Los Miserables* de Victor Hugo en una edición en francés original. Cogió el libro. Muchas palabras estaban subrayadas con la traducción al lado escrita a lápiz con letra diminuta y pulcra. Por lo que vio, Padre solo llevaba leídas cinco páginas. Abrió los cajones de la cómoda, se distrajo haciendo una sarta de clips y descubrió un pequeño cuaderno, forrado en piel, con aspecto de diario. Estaba escrito casi por completo, sin márgenes, arañando el espacio con avaricia. Sabiendo que traspasaba un límite, incómodo por esa profanación, no pudo resistirse a mirar las últimas páginas. Había anotaciones incomprensibles junto a otras cuyo significado le resultó cristalino: *la petaca de whisky, mofa hacia los abstemios, encuentros en la cocina, burlas a mis espaldas, dios del dinero y del consumo, hace notar que es más alto que yo, odio a los museos, ¿enamorado de su propia hermana?* Se le escapó una risa. Él no debía estar leyendo aquello, pensó cerrando el cuaderno. Si en esos instantes Padre se levantara y lo descubriera allí, inspeccionando sus cosas, tendría que admitir su falta sin atenuantes. Sintió un profundo pesar. Se lo imaginó enclaustrado en su despacho cada tarde, dejando registro de la cronología de su desencanto, y tuvo un escalofrío. Sintió también una punzada de compasión, que se esforzó en rechazar de inmediato. Cuánto sufría ese hombre, se dijo, qué sombras ocultaba, y todo para qué. Para nada.

Colocó el cuaderno en su sitio, apagó la lámpara, volvió a su cama y, sorprendentemente, cayó dormido como un tronco.

El sábado el tío Óscar se marchó tan temprano que un poco más y no les da tiempo a despedirlo. Los niños salieron de la cama apresurados, legañosos, para ir corriendo a sus brazos, pero tenía mala cara y esquivaba sus miradas, con los ojos enrojecidos y la paciencia agotada. Viendo el poco entusiasmo con que los recibió, se hicieron a un lado, discretamente, para observarlo. Lo vieron hablando con Martina, acariciándole el pelo con tristeza, chica buena. Madre había preparado un pastel de merluza para que se lo llevase a la tía Luisa; él sostuvo con torpeza la caja de cartón donde lo había metido, sin saber bien qué hacer con ella. Padre estaba duchándose, así que esperó a que saliera del cuarto de baño para decirle adiós, aunque se le notaban las ganas de irse cuanto antes. Ya en la puerta, se dieron la mano ceremoniosamente. Después besó a los demás, rápido y como por cumplir, y se fue dejando entre los niños una extraña sensación de orfandad. ¿Qué habían hecho mal? ¿Se había enfadado con ellos por lo de los regalos?

Todavía envuelto en su albornoz, soltando tras de sí una nube de agua de colonia, Padre le dijo a Madre:

—Bueno, ¿qué? ¿No vas a decir nada?

Ella, que estaba recogiendo las migas del desayuno, ni siquiera levantó la mirada.

—¿Qué quieres que diga? Ya está todo dicho.

Padre resopló, dispuesto a hacer ciertas concesiones.

—Vale que no lo hace con mala voluntad, que se deja llevar por lo que ve, pero ¿la rueda de la moda? ¿Qué insensatez es esa? Menudos valores difunde el juguetito, eso de

119

que las niñas se vistan como adultas y que lo único que importe sean la ropa y las joyas. Y tampoco es que sea muy creativo. Basta con frotar el lápiz para que salga el dibujo. ¡No hay que esforzarse nada! ¡Vaya enseñanza!

Martina hizo un amago de protesta.

–Pues a mí me gusta.

–Lo sé, Martinina, sé que te gusta, como a todas las niñas les gusta. Está pensado para eso, para gustar, como a los cerdos les gusta una hamburguesa, fíjate qué contradicción. Pero créenos: no es lo más adecuado para ti. El tío Óscar no sabe lo que es adecuado para una niña de tu edad; para empezar porque no ha estudiado, para seguir porque no es padre y para terminar porque es un hombre muy bruto.

–Bueno –intervino Madre–, no es que sea bruto, pero no sabe de la misa la media.

Padre suspiró cansadamente.

–Mira, Martina, es verdad que no nos gustan los regalos, pero entendemos que no sería justo que tú ahora te quedaras sin nada. Iremos a la tienda, devolveremos la dichosa rueda de la moda y podrás coger otra cosa a cambio, lo que tú quieras.

Le compraron un libro de mamíferos muy bonito, con muchas fotos, poquito texto y mapas de colores. Los animales estaban ordenados por tipologías: placentarios, marsupiales, monotremas y sus subtipos. En una de las fotos de la sección de acuáticos aparecía una morsa que miraba a la cámara con una expresión peculiar: los ojos muy separados, los enormes colmillos blancos escapándose de la boca, unos bigotazos que tenían pinta de recién recortados y el cuerpo brillante, arrugado, como si se hubiese echado encima un abrigo de lana sucio.

–¡Se parece al tío Óscar! –dijo Aquilino, riendo.

A todos les hizo mucha gracia. Lo recordaron en las comidas, haciendo el tonto con los picos de pan bajo el labio, y era verdad: idéntico. Padre y Madre, al ver la foto, también se rieron de buena gana: ciertamente, ciertamente, admitió Padre. A raíz de eso, al libro empezaron a llamarlo «el de la morsa Óscar» y, con el tiempo, incluso terminaron creyendo que había sido un regalo del tío Óscar.

CIENTO OCHENTA AÑOS POR LO MENOS

Hay que esperar un buen rato, no confiarse. Por fortuna, Madre y Padre se acuestan pronto, no como en otras familias, en las que los padres se quedan hasta las tantas viendo la televisión o tomando una copa; a algunos, incluso, les da la madrugada aunque tengan que levantarse temprano al día siguiente, qué irresponsables. Aquí no. Aquí, a las once como mucho, todo el mundo a la cama, sea invierno o verano, lunes o sábado, bien pensado es una suerte. Sin embargo, no es fácil calcular cuánto pueden tardar en quedarse dormidos. Un suspiro, un carraspeo, una palabra suelta son señales: aún no. El equilibrio entre mantener la prudencia frente al ansia de escapar –¡de escapar ya!– es tan precario, tan tenso, que amenaza con romperse en cualquier momento abocándolas al desastre. Rosa ya está vistiéndose a oscuras, en silencio, para ganar tiempo. Martina le pide que aguante un poco. La bronca para una es la bronca para las dos.

–Imagina que entran ahora y te ven arreglada.

–¿Para qué van a entrar?

–Para cualquier cosa, solo imagínalo.

–Paso.

Rosa sujeta una pequeña linterna con una mano mientras con la otra se pinta la raya del ojo. Pestañea, hace morritos para ponerse el pintalabios. En el espejo de mano, ve su cara entre sombras: la nariz ancha, las mejillas redondas, los ojos lánguidos y el flequillo rebelde. No se ve guapa, sino transformada, el sorprendente reverso de la Cenicienta: cuando otras se recogen, ella sale, como las brujas, como las putas. Esconde el maquillaje bajo el colchón, apaga la linterna, se tumba boca arriba, aguza el oído, palpitante. Martina también está escuchando. Completo silencio. Duermen. ¿Duermen? Si sale con sigilo, piensa, no habrá riesgo.

Esperan unos minutos más, cautelosas, hasta que un suave ronquido se desliza desde el cuarto de matrimonio hasta el suyo. El ronquido se combina con una respiración profunda, un ritmo pausado y tranquilizador, alternante: ronquido-respiración-ronquido. Es el momento. Con los zapatos en la mano, Rosa avanza por el pasillo sin atreverse a respirar. Abre la puerta de la calle todo lo despacio que puede, sale y la cierra más despacio todavía, para evitar el clic que la delate. Martina calcula el tiempo y, en el momento crítico, tose para amortiguar el ruido. Se queda despierta un rato más, con el corazón latiendo tan rápido que casi duele, hasta que considera que el peligro ha pasado. Sus padres duermen, sus hermanos duermen, toda la casa duerme, sumergida en un suave silencio. Agotada por la tensión, ella también se duerme. Lleva un reloj de pulsera con alarma de luz que avisará de la hora en que debe levantarse para abrirle la puerta a Rosa, antes de que amanezca. Ellas no tienen llave. A ninguno de los hijos, ni siquiera a Damián, el mayor, les han dado copia de la llave. ¿Para qué? Apenas salen y, cuando lo hacen, o van acompañados de sus padres o tienen que volver a horas tan ridículas que siempre están despiertos para abrirles.

Corre por las calles desiertas, iluminadas por viejas farolas de forja, haces de luz amarillenta y turbia que le marcan el paso confusamente. Un peligro, si lo piensa a fondo, ir sola a esas horas, pero Rosa, embriagada por la sensación de libertad, no lo piensa ni siquiera en la superficie. No es la primera vez que lo hace; puede que tampoco sea la última.

Él la está esperando en una esquina, el sitio exacto donde ella le ha indicado. Al verlo allí, apoyado en la pared, con los brazos cruzados, puntual y paciente, Rosa olvida todo lo que ha dejado atrás: la cama vacía, el maquillaje bajo el colchón, la linterna, el pasillo, la casa en silencio y su vida entera, por unas pocas horas. Es un chico un par de años mayor que ella, alto y desgarbado, con manos grandes, melancólicos ojos castaños y un ligero bizqueo que da a su mirada un aire pícaro. Se besan, se cogen de la cintura, caminan en zigzag jugueteando, deteniéndose a cada poco para besarse de nuevo.

Esa insaciabilidad: Rosa nunca ha sentido nada parecido. ¿Cómo ha ocurrido, qué fuerza impetuosa le ha hecho ese regalo? No puede ser producto del azar, piensa, no una simple casualidad. Es magia, pura magia, una revelación milagrosa y llena de matices que por desgracia tiene que mantener en secreto. Rosa ha escuchado a sus padres demasiados comentarios al respecto. A su vecina Clara, por ejemplo, la critican por sentarse en el portal con su último *amiguito,* como lo llaman. La campaña para promover el uso del preservativo les parece lo peor, una manera burda y mezquina de empujar a las *crías* a irse con *cualquiera.* El texto feminista que escribió una compañera de Rosa en el periódico del barrio los escandalizó no solo por su contenido *soez,* sino también por la redacción, *tan deficiente,* ya que la degene-

125

ración nunca viene sola. Sin haber sido formulada una prohibición expresa, Rosa sabe que los novios no son bienvenidos en su familia. Que el mero hecho de tener novio, o de desearlo, es una aberración. Que ante esa posibilidad, se sacaría la artillería pesada, en pos del bien común, por supuesto. Un novio significa sexo, y el sexo, ya se sabe, no existe. La misma palabra *sexo* es impronunciable, con la explosión efervescente y festiva de la equis. Quien la diga en voz alta está ya manchado por la sospecha, porque revela un conocimiento impropio. Como cuando en la televisión salen animales copulando y ellos fingen no saber lo que pasa.

Aunque, ¿cómo evitarlo? Si existe una manzana que morder, Rosa ya la ha mordido. Sus actos ya no son propiamente decisiones. Visto bajo este prisma, salir a escondidas de casa, por la noche, no es una elección que ella haya tomado con frialdad. Rosa siente que obedece a un mandato. No de nadie, por supuesto, sino de la persona que anida en su interior, esa desconocida.

Su transformación ocurrió dos meses atrás, en la biblioteca del rectorado. Al causante lo distinguió de entre su grupo de amigos de un solo vistazo, como si perteneciese a una especie diferente que supo identificar a la primera, un ejemplar exótico, único, que contempló con la boca seca y una extraña opresión en el estómago. Más tarde lo pilló mirándola, una mirada rápida y centelleante. Era una moneda lanzada al aire y ella tenía que atraparla a la primera: cara o cruz.

Se le acercó sin apenas pensarlo, se sentaron muy cerca, sin hablar. Él aproximó su pierna a la de Rosa, apenas rozándola. Es posible que ni siquiera llegara a tocarla, pero esos dos milímetros de distancia, o ese solo milímetro, se llenó de un calor que a Rosa se le fue directo a la vulva. Un escozor. La necesidad de poner una mano encima, de apretar. La inconveniencia de hacerlo. Un impulso imprevisto, como una dentellada.

¿Qué estudias?, se preguntaron a la vez, y eso les hizo reír. Rosa estaba en primero de psicología —no le gustaba, dijo—. Él, en tercero de biología —le gustaba mucho, admitió, pero podía escaquearse un rato y salir a dar una vuelta con ella si quería—. ¡Y como para no querer! Unas horas más tarde se estaban besando como locos.

Se veían a escondidas por las mañanas, faltando a clase porque por las tardes, le dijo ella con aire misterioso, estaba muy ocupada con otros asuntos. Iban al parque, donde se abrazaban detrás de los setos o se echaban sobre el césped en silencio, mirándose muy cerca. Vestida por completo, sin despegar los labios, Rosa tuvo con él su primer orgasmo. Sorprendida, como si un vendaval la hubiese arrastrado por los aires y la hubiese depositado después en el mismo lugar de partida, palpitante, conmocionada, también mantuvo aquel descubrimiento en secreto, para ella sola.

La fiesta a la que van ha empezado a las diez y acabará tarde, de madrugada. El día antes, cuando quedaron, Rosa dijo que había tiempo de sobra, que ella hasta las doce no saldría, que más temprano le daba pereza. Él la miró extrañado, presintiendo un engaño aunque equivocado sobre la naturaleza de ese engaño. En sus ojos brilló la desconfianza, los labios le temblaron, pero no dijo nada. Rosa encogió los hombros, aprovechando para hacerse la interesante.

—¿Qué pasa? ¿Por qué tengo que salir a la misma hora que todo el mundo? ¡Ni que hubiese dicho algo tan raro! Si tú quieres ir antes, allí nos vemos.

–No, yo te espero –dijo él–. Yo voy contigo. Te recojo.

–Vale, pero no en la puerta. No me gusta que me recojan en la puerta.

–Donde tú digas.

–En la esquina del estanco. ¿Sabes cuál te digo? En el cruce con Padre Pío.

–Sé cuál dices.

La esquina del estanco: un lugar discreto, fuera de la vista, a unos diez minutos de su casa. Y aun así podrían verlos, alguien, cualquier vecino, podría irles con el cuento a sus padres más tarde. Ella prefiere caminar por las calles silenciosas, es decir, las vacías, donde no hay comercios sino bloques de pisos con estrechas entradas, pasadizos que unen los portales y lugares de paso. Evitar la avenida por donde circula el autobús nocturno, las paradas y los pasos de cebra. Dar rodeos, meterse por lo oscuro, encapucharse. Pero tiene que hacerlo sin dar explicaciones, porque sí, sin exponer su miedo ni su cobardía. ¿Cómo interpreta él su conducta evasiva, todos esos argumentos inconsistentes y contradictorios? A Rosa no le preocupa demasiado. O le preocupa menos que confesar la verdad: que es una fugitiva que debería estar ya durmiendo en su cama, bajo el amparo del ala familiar.

Cuando llegan a la fiesta, chicas y chicos se abren a su paso, hablándoles a gritos entre el estruendo de la música. Rosa no maneja los códigos de lugares como ese, no sabe qué debe hacer ni cómo. Espontáneamente, buscando protección, agarra a su amigo de la mano para que la guíe entre un bullicio que, de pronto, juzga artificial e innecesario. Él le roza el cuello con un dedo y ella se estremece. Se fija en sus labios llenos, sonrientes y cálidos. Su pelo, lacio, brilla con varios tonos, como el de algunos yorkshires, negro o dorado según se mueva. Bajo la luz rojiza del local, ve des-

128

plegarse su belleza oculta, casi salvaje, al alcance ahora de cualquiera. Siente que lo posee, pero su posesión es efímera, está en la cuerda floja, como si hubiera tomado algo que no le pertenece, algo ajeno, robado, que le pudieran confiscar en cualquier momento. Por eso, es mejor no perder mucho el tiempo, ir cuanto antes al grano.

Horas más tarde se despiden en la misma esquina donde se encontraron, la del estanco.

—¿No quieres que te acompañe un poco más? —pregunta él—. Está muy oscuro.

—No, no —dice Rosa sin asomo de cansancio.

Cada vez que se separa de él, le asalta la misma pregunta: ¿y si ese es el fin? ¿Y si se rompe el hechizo, es decir, si la pillan? Es una angustia rápida pero honda a la que ella prefiere dar la espalda. No pensar más, no planificar nada, no ahora, no en ese alto al fuego que todavía no se ha agotado por completo. Se abrazan, se besan furiosamente, entrechocando los dientes, y luego él da la vuelta y se marcha con las manos hundidas en los bolsillos de la cazadora. Rosa camina acelerada en la dirección contraria. Va con el tiempo justo porque ha apurado hasta el último segundo, pero a buen paso llegará. Entre la niebla, el asfalto brilla plateado; un gato blanco, esbelto, cruza por delante, salta un murete y se cuela con agilidad por una verja. Rosa lo interpreta como una buena señal, la señal de su suerte. No es el fin, se dice, tiene todavía muchos dados que tirar, apretados en el puño. Son las seis y veintidós de la madrugada, a las seis y media Martina abrirá la puerta sin que ella tenga que avisar. La calle está desierta, solo de vez en cuando pasa algún coche a toda velocidad, dejando tras de sí el chirrido de los neumáticos. Un par de chicos la llaman desde la acera contraria;

129

ella aprieta el paso sin mirar. No le importa porque, por lo que sabe, que chisten de lejos o piropeen forma parte del lote de la noche. Llegado el caso, sabría defenderse. No tiene dieciocho años, tiene ciento ochenta por lo menos. Es sabia y guarda secretos que los demás ni atisban. Mira el reloj de nuevo.

Y, de pronto, un empujón, algo que brota de un portal en sombras, una masa que al principio ni siquiera parece una persona y que la hace tambalearse, casi caer, hasta ser sujetada en el último momento, arrastrada hacia dentro, hacia lo más oscuro, la ceguera, el aturdimiento, el dolor en el costado, sin saber cómo ha sido, de dónde ha venido.

–Niña, ten cuidado, que te vas a hacer daño. –Una voz áspera, aguardientosa. Una voz de hombre mayor–. Ven aquí.

Rosa apenas tiene tiempo de entender las palabras. Se dobla de dolor, ha recibido un buen golpe, está tan confundida que tarda en asociarlo con esa voz, con ese hombre. Lo mira de refilón, sin distinguirlo apenas. Solo ve que es gordo y calvo y que tiene un aspecto desastrado, como si llevara un exceso de ropa, una capa echada sobre otra, sin sentido. El hombre sonríe.

–Quédate aquí conmigo hasta que se te pase el susto. Porque vaya susto, ¿no? ¿Te has hecho daño?

–Sí, aquí...

Sabe que tiene que marcharse enseguida, pero no por el hombre, sino porque Martina la está esperando para abrirle la puerta. Esa idea asfixia todas las demás, es tan precisa, tan incuestionable, que le dificulta atar cabos. El hombre se ha quedado callado, se limita a observarla con avidez. Mientras ella se mantenga cerca no dirá nada más; solo necesita que se quede a su lado, sin moverse. Rosa lo oye jadear, baja la mirada. La visión repentina de su pene, negro y púrpura, brillante, la hace dar un salto atrás, aunque

130

es una reacción más impulsiva que racional. Echa a correr, todavía encorvada. Ha gritado sin darse cuenta; un grito corto y ronco, como el de un animal. Los chicos de la acera de enfrente han cruzado hacia ella. Uno la detiene con firmeza; el otro se dirige hacia el hombre, lo insulta.

—Tranquila, tranquila —le dicen—. ¿Te ha hecho algo?

—No, yo... Solo me he asustado.

—¿Te ha hecho algo ese hijoputa? ¿Te ha tocado? ¿Qué te ha hecho?

—Me tropecé, no pasa nada, ya me voy.

Todo ocurre a gran velocidad. El hombre calvo, que lleva un abrigo de cuadros muy largo, casi hasta el suelo, está también gritando, moviendo los brazos como aspas.

—¡Que me dejéis en paz, cojones, que no he hecho nada!

Rosa quiere huir, pero uno de los chicos todavía la está sujetando por el brazo. Le pide que espere, la policía viene de camino. ¿Cuándo la han avisado? ¿Por qué sin su permiso? ¡Qué exagerado todo!, piensa Rosa, sin decirlo. Tiene un gusto metálico en la boca, los oídos le zumban. Oye entonces la sirena, estridente. El azul de las luces del coche se proyecta en la cara del hombre: otra vez el color púrpura, delatándolo, aunque ahora más matizado, difuso. Rosa se vuelve a mirarlo, da un respingo. Lo reconoce.

—Es el vecino del primero —dice en voz baja.

—¿Qué? ¿Quién es?

—No...

Le sobreviene una súbita e inexplicable sensación de hermandad, como si ella también corriera el peligro de ser detenida: ellos dos, su vecino y ella —los culpables—, frente a los dos chicos —los salvadores—, y los dos agentes de policía que ya se están bajando del coche con gran alboroto, como quien irrumpiera por sorpresa en una celebración privada. ¿Por qué tienen que inmiscuirse?, piensa ella, molesta. Hace el esfuerzo de que la escuchen. Les dice que no ha pasado nada, que todo ha sido una confusión. Tiene que irse, añade, la están esperando. El hombre lleva ahora los pantalones abrochados; ella lo mira de reojo, es posible que imaginara lo que vio; es su vecino, ¿quién iba a sospechar que su vecino es un exhibicionista? Puede que sea en ese momento cuando él también la reconoce a ella, y no antes.

–¿No oyen lo que dice? –pregunta a los agentes, señalándola–. Esta muchacha vive en mi bloque, solo me he parado a saludarla.

–¡La ha intentado violar! ¡Nosotros lo hemos visto!

A Rosa le vuelve el regusto metálico a la boca. Es sangre, ahora se da cuenta, debió de morderse la lengua al ser golpeada. Se limpia con el dorso de la mano, ojalá no se le note a simple vista.

Los agentes le explican que puede interponer una denuncia, no va a pasarle nada, insisten, pero se trata de una insistencia débil, desganada, porque ellos mismos comprenden que es inútil, siendo vecinos esos dos va a ser difícil que lo que ha ocurrido quede plasmado en los papeles. Frente a ellos, los chicos –muy jóvenes, bebidos, con las caras muy rojas y los ojos desorbitados– se muestran exaltados, bravucones. Insultan al hombre: guarro, pervertido, puto gordo. Tengo que irme, repite Rosa, pero nadie la escucha.

¿Cuánto tiempo ha pasado? ¿Diez minutos, un cuarto de hora? El reloj marca las seis y cuarenta y nueve y todavía va a tardar otros dos o tres minutos en llegar, aunque salga pitando. Pide permiso a uno de los agentes para irse. Me están esperando, repite. El agente hace un gesto de desprecio con la mano. Váyase, dice, si tanta prisa tiene. Puede que sea la primera vez en su vida que le hablan de usted, pero a Rosa le suena profundamente humillante. Se marcha apresurada, sin echar a correr. En esas circunstancias, correr

132

equivaldría a admitir su culpabilidad, de la que ya no tiene ninguna duda. A sus espaldas escucha rezongar al vecino, defendiéndose. Lo van a hostigar todavía un buen rato.

La escena ha transcurrido en blanco y negro; así, al menos, la recordará ella más adelante, bañada en una atmósfera lechosa, dramática e irreal. Un cosquilleo todavía entre las piernas, el eco de la fiesta junto al sabor a sangre en las encías. A pesar del peligro, Rosa ya está a salvo. Martina la ha esperado tras la puerta y cuando abre se abstiene de preguntar, ahora es indispensable el silencio, imprescindible, aunque está enfadada porque cree que a Rosa se le pasó la hora y esta irresponsabilidad casi les cuesta a las dos el pellejo. Recorren el pasillo de puntillas, se meten en la cama sin cruzar ni una sola palabra. Rosa se adormece de inmediato, cae en un sopor que no es exactamente sueño sino letargo. Quizá más tarde, a la mañana siguiente –es decir, en tan solo media hora, porque ya está amaneciendo–, se derrumbe y llore, pero por el momento se siente invulnerable, victoriosa. Lo que ha ocurrido le resulta incluso cómico. Ciento ochenta años por lo menos.

Al vecino se lo encuentra de vez en cuando por las escaleras del bloque o en la panadería de la esquina. Un día coinciden en el autobús; otro en el ambulatorio, con su abrigo largo de cuadros, tan desproporcionado. Él esquiva su mirada; ella, Rosa, hace lo mismo. La mujer del vecino –también muy gorda, con unos diminutos ojillos incrustados en las cuencas, criticona y chismosa– se convierte al principio en su objeto de atención –¿cuánto sabe de la vida oculta de su marido?, ¿cómo le afecta?–; luego, Rosa se cansa de hacerse preguntas; no es más que una pobre mujer, piensa, bastante tiene con levantarse cada mañana y seguir adelante. Viven los dos solos, sin hijos, con la única compañía de una tortuga que se pasa el día adormilada en el patio de luces del edificio, entre los helechos. Es posible que la tortuga les sobreviva. No solo a ellos dos, sus vecinos, sino también a la misma Rosa, a Martina, a sus padres y a sus hermanos. A todo el bloque.

Extrañamente, siente que ha establecido una complicidad natural con el hombre del abrigo. No porque le perdone lo que ha hecho, no porque lo absuelva, sino porque hay un rival mayor por encima de ellos, quizás el mismo rival aunque con distinta cara. Ella también acumula mentiras y secretos. En los últimos tiempos ha empezado a cometer pequeños hurtos –una chocolatina en el súper, una libreta en la papelería, una pulsera de cuentas que una compañera de clase olvidó en el lavabo–, arriesgándose a la vergüenza pública y al escarnio. ¿Por qué lo hace? No lo sabe. Lo único que sabe es que tampoco es trigo limpio.

Aquellos que tienen dobles vidas, los que sufren por debajo de lo visible, los que son perseguidos por cometer actos deshonrosos, los que levantan el brazo para protegerse y esconden la cara, tienen ganada de antemano su compasión.

Lo obsceno es una categoría que, intuitivamente, Rosa reserva ya para otras cosas.

Gambi

De todos los hermanos, el único con sentido del humor era Aquilino, el pequeño. Desvergonzado y audaz, Aqui no era fácil de derrotar. Por naturaleza optimista, tendía a observar la realidad con distancia, comprendía que todo era mucho más trivial e intrascendente de lo que creía el resto de su familia. Muchas veces no entendía a sus hermanos, tan temerosos siempre y agobiados por... ¿qué?

Tenía un gran talento para el dibujo. Una vez, a los seis años, hizo una caricatura de un tirón, sin ni siquiera conocer el concepto de caricatura. Era un dibujo de Gandhi, al que le colocó un cuerpo de gamba. Totalmente reconocible —la calva, las gafas redondas de metal y un asomo de sari sobre el hombro... de gamba—, la caricatura iba acompañada de un rótulo, unas torpes letras garabateadas con rotuladores de colores: GAMBI.

Se la enseñó a Padre satisfecho y él le cruzó la cara de un bofetón.

Era una muestra indiscutible de inteligencia: el juego de palabras, la finura del dibujo, la gracia instintiva. Sin embargo, recibió ese castigo.

–No te burles de este hombre –le dijo Padre–. No voy a permitirlo.

Aqui se frotó la mejilla. Bien, a su modo infantil comprendió que Padre se había ofendido. No pasaba nada, eso no afectaba a la calidad de su dibujo, ni siquiera le afectaba a él como artista. No se sintió mal más allá del escozor en la piel. Padre nunca pegaba, era evidente que ambos habían traspasado un límite, aunque la frontera de lo permisible no hubiera sido delimitada previamente. ¿Las causas? Ahora eran lo de menos. Aqui contaba con el entendimiento necesario para saber que debía disculparse, y así lo hizo, pero tras la palabra *perdón* solo había un gran vacío.

A diferencia de sus hermanos, Aqui distinguía entre el tamaño de la falta y el del castigo, sabía que no tenían por qué corresponderse y que, de hecho, casi nunca se correspondían. Uno podía recibir un castigo muy grande por una falta pequeña o incluso inexistente, y también al revés: no recibir castigo alguno a pesar de haber sido malo o muy malo. Decidió que debía trabajar en esa dirección, la de la supervivencia por compensación.

Incapaz del rencor, del deseo de venganza, Aqui se centró en caminar por una línea recta, sin perderse en el rodeo de los sentimientos innecesarios.

Por esa razón, nadie jamás pudo doblegarlo lo más mínimo.

Ramitas atadas

En el colegio le explicaron el poder de la unión social con la conocida historia de las ramitas atadas. Fijaos, dijo la maestra: una sola ramita se parte fácilmente. *Clac*. Todos los niños lo comprobaron, los del fondo del aula estirando la cabeza para asomarse sobre los que estaban delante. Todas estas ramitas, dijo la maestra mostrando un buen puñado, se podrían quebrar si las cogiéramos *una a una,* da igual que sean diez, cien, mil o diez mil, solo sería cuestión de tiempo. Se paseó por entre los pupitres con el puñado de ramitas en desorden extendido en la palma de su mano. Luego forzó la voz para realizar el final de la historia y dijo: sin embargo, si las ponemos *todas juntas* –y las ató con un cordelito bien firme–, ¿veis?, nadie podrá romperlas nunca. ¡Verdad, verdad!, dijeron algunos alumnos, los inocentes y los aduladores. La unión hace la fuerza, resumió la maestra, y eso es válido para muchas situaciones, juntos somos más poderosos que separados, y si nos apretamos unos con otros, nadie de fuera nos podrá hacer daño. Una niña levantó la mano. Dijo que esa misma historia, la-misma-la-misma, se la había contado su madre para hablar de la importancia de la familia. Había cogido una ramita por cada uno de sus miembros –los padres, los hermanos, los abuelos, primos, tíos y hasta el perro– y era verdad, no había dios que las rompiera al atarlas. Aquí esperó a que la intervención de su compañera acabara para levantar también la mano. Yo quiero hacer una pregunta, dijo. La que quieras, Aquilino, respondió la maestra viéndoselas venir. Las ramitas que se quedan apretujadas en medio del manojo, ¿no se asfixian? La maestra suspiró. ¿A qué te refieres, Aquilino? Sabes de sobra que las ramas no respiran, así que difícilmente pueden asfixiarse. Aquí esbozó una sonrisilla sabihonda. Pero es como si fueran personas, ¿no? Cada ramita es como una persona, eso es lo que había que imaginar, ¿no? Si son personas por separado también son personas cuando están atadas. Por eso, a las que se quedan en medio les falta el aire y... se pueden morir. Es una forma de verlo, Aquilino, concedió la maestra, una forma peculiar. Hizo una anotación en su cuaderno, se puso muy seria y cambió de tema.

Un día le contó a Padre que había *hecho* de abogado en el colegio.

–De abogado como tú –dijo.

Padre rió, lo tomó en brazos. Por aquel entonces, Aqui debía de tener unos ocho o nueve años, no más. Era flacuchillo, ágil, muy blanco de piel, con enormes ojos oscuros, espesas pestañas y un magnetismo que no podía achacarse solo a su aspecto.

–¿Qué quieres decir con abogado como tú?

–En defensa de los débiles –dijo triunfante.

Padre le pidió todos los detalles. Le interesaban de verdad.

Al parecer, un niño había sido castigado injustamente. La maestra lo pilló con un dibujo hiriente escondido en el libro de texto. El dibujo la representaba a ella, a la maestra, y era hiriente por razones que Aqui no sabía explicar bien, pero que la ofendieron profundamente, hasta el punto de que lo castigó sin la excursión a los pinares que tenían planeada para la semana siguiente. Pero el dibujo no lo había hecho ese niño sino su compañero de pupitre, que era malo malísimo.

–De los que siempre consiguen echarles la culpa a los demás. –Aqui solía calificar a las personas por categorías.

¿Por qué el niño pillado en falta no había defendido su inocencia? Porque temía una venganza, claro está. Su compañero era una especie de matón.

–Suele pasar, suele pasar –reflexionó Padre.

Aqui habló a solas con la maestra. Se inventó una excusa para ir a verla en el recreo y así evitar que hubiese testigos delante que le pudiesen ir con el chivatazo al malo malísimo. Le explicó el error que había cometido castigando al niño inocente. Le explicó también que, si revelaba toda la verdad sin tomar antes precauciones, lo pondría en riesgo. Con tomar precauciones se refería a demostrar que se había percatado de su error por sí misma.

—Vaya, vaya, estuviste en todo —lo felicitó Padre.

Aqui había conseguido otro dibujo hecho por el malo malísimo. Lo sacó de la papelera, era un borrador. Esta vez no representaba a ningún maestro. No representaba, de hecho, a ninguna persona, sino a un dragón con cabeza de león, una quimera. Pero por como estaba dibujado, no solo por los trazos sino también por el tipo de bolígrafo que el malo malísimo había usado, se notaba que era obra de la misma persona.

—Buscaste una prueba judicial. ¡Eso es magnífico, Aquilino!

—Sí —dijo Aqui—. También me lo dijo la maestra.

El desenlace había sido el deseado. La maestra, con mucha cautela, llamó aparte al malo malísimo, lo desenmascaró con la evidencia. El otro, viéndose acorralado, confesó. Para no correr peligro, la maestra no levantó el castigo del primero hasta que obtuvo la confesión del segundo. De modo que quien se quedaría sin ir a los pinares iba a ser el malo malísimo, el verdadero culpable.

—Estoy muy orgulloso de ti —dijo Padre—. Deberías contarles esta historia a tus hermanos, a ver si aprenden algo.

Aqui se agitó en la silla donde estaba sentado, se abrazó las rodillas.

—No he terminado, papá.

—¿Ah, no? ¿Qué falta?

—Lo de los *hororarios*.

—¿El qué?

—¡Los *hororarios*! Hice como tú, los cobré honradamente, no para hacerme rico.

Padre pegó un respingo.

—¿Le cobraste a tu amigo?

—Bueno, no es mi amigo, nunca juego con él. Es solo un compañero de clase que estaba metido en un problema. Yo fui su abogado y él me pagó, pero no mucho.

—¿Te pagó?

Aquí ya tenía claro que se había equivocado, pero no contemplaba salvar el pellejo mintiendo. Reflexionó con rapidez y decidió por dónde tirar.

—Yo quería hacer lo que tú —dijo—. No quería enriquecerme. Había pensado dar los *hororarios* a... los necesitados.

Se metió la mano en el bolsillo del chándal, sacó un puñadito de monedas. Calderilla. Lo dejó sobre la mesa y, volviendo a abrazarse las piernas, miró a Padre muy serio, resuelto y sin pestañear.

Padre le sonrió, recogió el dinero, lo contó con lentitud y lo guardó en una caja de madera.

—Lo llevaré a la *organización* de tu parte, ¿te parece? —dijo—. Se pondrán muy contentos.

—Qué bien, papá.

—Y ahora, insisto, ¿por qué no les cuentas esta historia a tus hermanos?

La cacería

Padre estaba suscrito a *Filosofía o Muerte,* una revista trimestral de filosofía. Cada vez que recibía un ejemplar lo leía atentamente, tomando nota y resumiendo a Madre los artículos más interesantes. Le atraía, decía, la aproximación laica a la filosofía que exponía la revista, aunque, por otro lado, añadía, era demasiado divulgativa, casi casi superficial al abordar ciertos temas. Había además otra cosa que para

140

él era imperdonable: la gran cantidad de erratas, cuando no de faltas de ortografía, que infestaban sus páginas. Se imponía la tarea de cazarlas, indignándose mucho cada vez que descubría alguna. Los colaboradores de la revista –antropólogos, historiadores, filósofos– eran falibles. Si de verdad fuesen tan rigurosos, decía, no escribirían tan mal ni cometerían tantos errores. La dejadez en el manejo de la lengua representaba dejadez del pensamiento. Luego mencionaba a Wittgenstein y su Tractatus *fisiológico*.

Aunque se esmeraba en el escrutinio de *Filosofía o Muerte*, también disfrutaba cazando erratas en el periódico local, en los folletos publicitarios y hasta en la hojita parroquial, que recogía ex profeso en la puerta de la iglesia con el único propósito de criticarla. No solo las detectaba, sino que las corregía, utilizando para ello un bolígrafo rojo, como los maestros en la escuela. La tarea, que exigía de una gran concentración, le ocupaba mucho tiempo. Cuando se metía en su despacho con la puerta cerrada, absorto en su trabajo, una suave ráfaga de permisividad recorría la casa. Madre se relajaba y hablaba por teléfono a media voz. Los niños, sabiéndola distraída, también podían hacer de las suyas sin ser inspeccionados.

Un día Aqui llamó a la puerta del despacho, se ofreció a ayudar a Padre en la caza de erratas. Él aceptó, no se sabe si de buena gana o no. Por entonces, Aqui había cumplido diez años y ya no cometía errores ortográficos, cosa que no podía decirse de sus hermanos, todavía atascados en la acentuación de los diptongos y los hiatos. Se aplicaron los dos, codo con codo, cabeza con cabeza, a repasar conjuntamente el mismo texto. Cuando a Padre se le escapaba algún error o cuando corregía lo que no era incorrecto, Aqui se lo advertía con mucho tacto, como si solo se tratara de un despiste. Padre fingía que le había tendido una trampa para cazarlo y él, Aqui, fingía creerlo.

Ser consecuentes

Durante años no tuvieron televisor. Aunque estaban más que acostumbrados, no dejaba de ser una anomalía en su época y en su entorno. Solo Martina, cuando se fue a vivir con ellos, preguntó por qué no tenían tele y se atrevió incluso a decir que la echaba de menos, pero, como también echaba de menos cosas más importantes, esa carencia pasó a un segundo plano. Cuando subía con Rosa a la casa de Clara, la vecina del cuarto, echaba un ojo a las telenovelas y a eso se reducía todo su contacto con la pantalla: más que suficiente. Tanto Padre como Madre decían que los programas de televisión eran malísimos, por no hablar de las películas, y que para eso era preferible ir al cineclub de la asociación de vecinos del barrio, donde además se recaudaban fondos para los niños de África. Fueron allí tres veces, todos juntos; las dos primeras pusieron películas en blanco y negro apabullantes –en una, una mujer muy mala le ponía de comer a su hermana paralítica una rata; en la otra, un hombre también muy malo era perseguido por las cloacas de una ciudad tras haber sido delatado por un gato–; la tercera vez vieron un estreno en color donde salía una pareja medio desnuda jadeando en la oscuridad de una abadía abandonada. No volvieron más.

No se puede añorar lo que se desconoce, de modo que el problema no consistía tanto en no tener televisor como en admitirlo ante terceros: esa vergüenza. En el colegio, Damián, Rosa y Martina simulaban ver los mismos programas que los demás, del mismo modo que simulaban recibir regalos en sus cumpleaños y en Reyes Magos. Habían aprendido a mentir con soltura y se guardaban mucho de hacer comentarios que pudieran delatarlos. Aquí, en cambio, no tuvo nunca reparo en decir la verdad, porque ¿dónde estaba

142

el problema? ¿Acaso tenía él la culpa? No era una decisión suya sino de sus padres, y tampoco debía de ser tan grave ni tan rara, puesto que no era a los únicos a los que había oído afirmar que la televisión era una basura; la única diferencia, después de todo, consistía en que sus padres eran consecuentes. Como tenía un amiguito muy charlatán, le pedía que le contara con todo lujo de detalles lo que veía cada noche en su casa y así, preguntándole concienzudamente, se enteró de la dinámica de los concursos, las pruebas que contenían, la ropa que vestían los presentadores, el nombre de montones de personajes de ficción, el argumento de los dibujos animados y de las películas de superhéroes, cómo sonaba la sintonía del informativo, cuáles eran los chistes de moda y los humoristas más reconocidos, en qué consistían los enredos de los telefilmes y algunas otras cosas que le fueron susurradas al oído por ser algo más problemáticas de contar en voz alta.

Aqui accedió a la televisión audiodescrita mucho antes de que existiera esa posibilidad: sin complejos, con el orgullo intacto y los oídos bien abiertos, ávido de un conocimiento que, intuía, le iba a ser muy útil en el futuro.

Pollo con piña

No fue a causa del cambio en el menú, cualquiera sabe por lo que fue, es decir, nadie podía saberlo.

La cuestión fue que, por primera y por última vez, Madre cocinó pollo con piña y Padre se negó a comer un plato, dijo, tan *pretencioso*. La expresión de Madre al oír sus palabras cambió varias veces en solo unos segundos: primero un tic nervioso, luego asombro y de ahí a la inquietud del no saber qué hacer, el servilismo y la furia. La receta la había sacado de una revista; la revista la había hojeado en casa de una vecina que cortaba el pelo a domicilio; a sugerencia de esta vecina Madre se había teñido el pelo de un color más claro que de costumbre; la vecina era deslenguada y alegre y llevaba un tatuaje en un muslo. Quizá el desaire de Padre tenía en cuenta toda esta cadena de factores, juntos o mezclados, quién sabía, no podía saberse.

—Pues prepárate tú otra cosa —dijo Madre a la defensiva.

Que por supuesto, dijo Padre, faltaría más. Se levantó a la cocina, donde se le escuchó revolver entre los armarios montando mucho ruido. Volvió con un pedazo de queso y media barra de pan duro que cortó allí mismo, en la mesa, aparatosamente, y que comió de mala gana y sin decir nada más, mientras el resto, con su plato de pollo humeante y el aroma de la salsa de piña envolviéndolos de culpabilidad, comían con lentitud, con la mirada baja y en silencio. Únicamente Aqui, saboreando la novedad y sin alterarse lo más mínimo, devoró su plato con apetito y hasta rebañó la salsa con un trozo de pan que le había sobrado a Padre.

—¿Lo puedo coger? —dijo.

Madre le lanzó una mirada fulminante y llena de aprensión. Padre, en cambio, se lo dio sin inmutarse.

El ave félix

Acababa de empezar el curso, quizá llevaba yendo a clase una o dos semanas, cuando Aqui, nueve años, entonces todavía Aquilino, reunió a Madre y a Padre para decirles que se iba a acortar el nombre. Puede que el verbo *reunir* suene exagerado para describir lo que ocurrió, teniendo en cuenta la corta edad del niño, pero es lo que más se aproxima a la verdad. Aqui no esperó a que estuvieran los dos juntos, no aprovechó un momento concreto ni buscó la mejor ocasión en la que colarse e intervenir, como habría hecho cualquier otro niño. No. Lo que hizo fue, primero, decirle a Madre que quería explicarle *algo,* y cuando ella, preparando la masa de las croquetas, le dijo que adelante, que le explicara lo que fuese, él aclaró que todavía no, que necesitaba que Padre también estuviese presente y que si, por favor, lo podía llamar. Gracias a ese extraño poder de convicción, levantando la vista de la tarea y clavándola en los ojos oscuros de su hijo, Madre le pidió que esperara un segundo, se lavó las manos, se las secó con un paño y fue al despacho de Padre a avisarlo. Interrumpido en su trabajo de la tarde, al saber que la razón de esa intromisión imperdonable era que Aqui quería decirles *algo,* Padre acudió sin rechistar, aunque con la cabeza bien alta para que no flaqueara su autoridad. Más tarde, cuando, sentados en el salón –los adultos en el sofá y el niño enfrente, en una silla, con los pies colgando por no llegar al suelo–, supieron en qué consistía ese *algo,* se sintieron timados. Padre, refrenando su decepción, le dijo que Aquilino era un nombre muy especial y que no podía cambiarlo por capricho.

–Mi abuelo se llamaba así, ya te lo he contado muchas veces. Cuando decidimos ponerte ese nombre nos juramos a nosotros mismos que no permitiríamos que nadie lo estropease con acortamientos ni diminutivos. Ningún cambio: Aquilino tal como suena, como tu bisabuelo. ¡Un nombre tan regio!

Entrando de lleno en la melancolía, Padre recordó quién había sido su abuelo Aquilino, el único hombre que lo había entendido a la perfección, quien verdaderamente lo crió, quien le ofreció las enseñanzas más provechosas para su futuro, el hombre más noble, bondadoso y sabio que existiera, cuyo reloj de bolsillo él todavía conservaba como oro en paño. Para Padre, pasar de Aquilino a Aqui era una afrenta a la memoria de su antepasado; cuando uno hereda un nombre, dijo, se compromete a cuidar de esa herencia, es una responsabilidad que hay que afrontar con el mayor de los cariños.

A continuación, Madre, en tono más persuasivo, añadió lo que Aqui ya sabía perfectamente: que Aquilino es un nombre que viene del latín y significa águila, y que el águila es el símbolo del poder y la altura de miras —no hay más que ver cómo planean por el aire, horas y horas sin descansar—, por no hablar de su relación con el ave fénix, que siempre renace de sus cenizas con perseverancia y capacidad de superación, así que, preguntó entornando los ojos, ¿por qué habría de acortar un nombre tan bonito y pasar de ser un águila real a un vulgar gorrioncillo?

Aqui no entendía nada. A su bisabuelo solo lo había visto una vez en un álbum de fotos: un anciano demacrado, bajito, con muy malos pelos, cejas como escobas y un bastón nudoso que agarraba como si fueran a robárselo. En cuanto a la historia del ave *félix,* que tantas veces le habían contado, ¿qué tenía que ver con él? Su mundo estaba más allá de esas leyendas que solo salen en los libros. Escuchaba porque sabía que debía escuchar, pero ninguna de las razones de sus padres le hacía mella. Su determinación era firme y, aunque podía sacar más argumentos para defenderla —el mayor de todos que él no eligió su nombre, esa herencia—, se limitó a describir lo que estaba ocurriendo en el colegio.

—Me gritan en el recreo, a la salida. *¡Aquilino!* Y luego: *¡tríncame el pepino!*

—Aquilino, por Dios —dijo Madre.

—¡Pero es que están todo el día igual! No paran. *¡Aquilino, tríncame el pepino!* O: *¿Quién es Aquilino? ¡El que me agarra el pepino!*

—Es una ordinariez —dijo Padre—. Una vulgaridad. Por favor, no lo repitas más.

—Lo sé, lo siento. Pero es por eso. No quiero que pase más. Quiero llamarme Aqui. Quiero que todo el mundo me llame Aqui. Que nadie nunca más me llame... Aquilino.

Hasta a él le costaba decirlo porque ahora, en la habitación, resonaba el eco: *pepino, pepino, pepinoooo.*

Tras unos instantes recapacitando, Padre expresó su opinión con respeto. No desdeñó las motivaciones de Aqui, ni se burló de su preocupación. Al revés, le pareció gravísimo lo que les estaba contando, pero consideró que esa no era manera de resolver el problema.

—Sería como darles la razón a los gamberros. A los malos.

Aqui balanceó los pies, se sorbió los mocos y protestó.

—No son los gamberros, papá. Ni los malos. Son los niños del colegio. Todos los niños.

—¡Aun así! ¡No podemos permitir ese tipo de ofensas, esos insultos! ¿Qué va a ser lo siguiente? ¿Que les tiren piedras a los maestros?

—Ya se las tiran... Cuando no miran... Pequeñitas...

—¡Basta, Aquilino!

Pepino, pepino, pepinoooo.

Lo que había que hacer, dijo Padre —y Madre asintió—, era hablar con la maestra que, como tutora suya, tenía la obligación de evitar agresiones en el aula y proteger a los alumnos más débiles de los más fuertes. Aqui dijo que agresiones no eran, que a él no le había zurrado nadie, y Padre le corrigió: agresiones *verbales,* sí, cómo que no. Aqui insistió: él no quería que la maestra lo defendiera; él solo quería acortar su nombre, no solo en el colegio, sino en todos lados y para siempre. Defendía su postura con tranquila firmeza porque nada le iba a hacer cambiar de opinión; no flaqueaba, solo buscaba expresar su convencimiento. Cualquiera que asistiera a la conversación desde fuera –los padres sentados en el sofá, mosqueados e inquietos, frente al niño mocoso, encaramado en la silla, que no mostraba el menor atisbo de impaciencia o de duda– habría comprendido que la cuestión principal era que al propio Aqui su nombre le sonaba pedante y arcaico, que entendía que los demás se rieran porque él también lo habría hecho de tratarse de otro niño. Las burlas recibidas habían sido una revelación, el acceso a una verdad que hasta entonces le había sido vedada. Su nombre contenía un error que no se podía reparar, un defecto intrínseco. Era absurdo buscar culpas y soluciones más allá del propio nombre, pero era consciente de que eso, el rechazo a su nombre, Padre no iba a aprobarlo. Decírselo a las claras sería un ataque frontal a su sentido del honor, a su historia, a él mismo. Decidió callarse, pero no por temor sino por estrategia. Si era preciso, demostraría su convicción de otro modo.

Nadie sabe muy bien cómo consiguió escaparse del colegio al día siguiente. Posiblemente aprovechó un descuido de la portera en la hora del recreo y se deslizó por la cancela de atrás, que solía estar semiabierta y que daba a un solar ruinoso y solitario, lleno de cascotes, basura y, en aquella época, también jeringuillas. Había que cruzar con precaución por el solar rodeando lo que parecía haber sido un almacén y que entonces no era más que un resto de pared cubierto de pintadas. Tras recorrer unos pocos metros se llegaba a una zona residencial de bloques altos y, desde allí, enfilando una carreterilla, a un parque público. Aqui había preparado muy bien su fuga. Llevaba provisiones para un par de días –tres bollos de pan, medio chorizo, dos manzanas, un plátano, una tableta de chocolate y una docena de pastillas Avecrem para chupar–; de hecho, la mochila estaba repleta de comida y de ningún material escolar, aunque sí había otros objetos útiles para la supervivencia, como un cuchillo, un trozo de cuerda, bolígrafo y papel, tiritas y siete clavos, además del cepillo de dientes, dos calzoncillos y un cachito de jabón lagarto. Llevaba encima todos sus ahorros, con los que —calculaba— podría coger dos o tres veces el autobús, comprar un par de pasteles y hacer alguna llamada telefónica si la cosa se ponía fea. Se escondió entre unas adelfas hasta que dedujo que era la hora de salida del colegio —no llevaba reloj, pero escuchó el bullicio, a lo lejos, de los niños de regreso a casa—. Echó a andar todo recto, sin cambiar en ningún momento de dirección, y pasó por montones de lugares que no conocía. Sorprendentemente, nadie lo detuvo, nadie le preguntó. En aquel tiempo no era tan inusual ver a niños solos por la calle, se les mandaba a cada momento a hacer recados, y Aqui avanzaba con tal seguridad en sí mismo, con tal confianza, que lo último que alguien podía figurarse es que era un niño fugado o perdido. No tuvo miedo —nunca tenía miedo—, no sintió la menor vacilación. Soy como el ave *félix*, pensó. Disfrutó del paseo como si se tratara de una excursión, le gustó descubrir barrios nuevos, plazas con fuentes, una calle larguísima llena de escaparates, terrazas bulliciosas y casas que le parecieron palacios, de lo grandes y bonitas que eran. Entró en una confitería, contó sus monedas, hizo sus cuentas y compró el pastel con la mejor relación tamaño-precio: un bollo jugoso, relleno de crema amarilla, que chorreaba chocolate por los lados. Tuvo que abrir mucho la boca para comérselo sin mancharse; luego se pasó un buen rato chupándose los dedos.

En casa no había dejado ninguna nota. Si hubiese escrito lo que pretendía conseguir con la fuga, no se lo habrían concedido nunca. Padre jamás aceptaría tal chantaje, esa demostración de fuerza. Prefirió hacer creer que no estaba protestando, que no buscaba nada ni aspiraba ya a nada, sino que se sentía tan infeliz que, simplemente, atolondrado como se supone que es un niño de nueve años, había decidido escapar del colegio, donde tanto lo torturaban con agresiones *verbales*. ¿Cómo podrían ellos, sus padres, convencerlo para volver a casa? Con el señuelo del nombre. No porque él lo pidiera, sino porque ellos lo ofrecerían como una concesión: la merced de unos padres generosos.

Hubo un momento en que lo asaltó una visión luminosa y tentadora. Pensó –supo– que podría seguir así toda la vida, paseando y descubriendo sitios nuevos, decidiendo él solito el rumbo de sus pasos, por intuición y capricho, sin esperar indicaciones ni consejos ni órdenes. Pero cuando un señor lo paró en mitad de una avenida con mucho tráfico y le preguntó cómo es que estaba solo y dónde vivía, calculó que para entonces sus planes habrían surtido efecto y que quizá era hora de volver. Ese mismo señor, muy amable y preocupado, lo acompañó a su casa en un taxi y lo entregó a Madre, que estaba presa de un ataque de nervios –Padre, tras poner la denuncia en la policía, lo estaba buscando con desesperación, así que no asistió al momento de la entrega–. Antes de despedirse, el señor contempló a Aqui con ternura. No quería decir nada que sonara a reprimenda ni a advertencia, ninguna lección. ¡Era tan pequeño, tan adorable! Se marchó con la sensación del deber cumplido, aún estupefacto. Padre llegó una hora más tarde. Abrazó a su hijo medio llorando. No hubo broncas ni riñas, solo una agradable sensación de celebración en el aire el resto del día, y también los días siguientes, como un eco. Aqui había aparecido sano y salvo.

Porque a partir de ese día, por supuesto, Aqui dejó de llamarse Aquilino, salvo en los documentos oficiales, algo que, para él, resultaba perfectamente tolerable.

150

A ESTAS ALTURAS

–La de cosas que están pasando últimamente... En serio, ni te imaginas. Escándalos, peleas, que si esto, que si lo otro... Pero yo ver, oír y callar. De todos modos, ¿a quién se lo iba a contar? ¡Vienes tan poco!

–Vaya. Así que me echas de menos porque no tienes con quién cotillear.

–¿Quién habla de *cotillear*?

–Escándalos, peleas... La materia prima del cotilleo, ¿no?

–¡Uf, eres imposible!

Clara fumaba en la entrada de la cocina, echando hacia atrás la cabeza para soltar el humo al pasillo. Llevaba el pelo muy corto, con flequillo recto, y una hilera de argollas plateadas en una de las orejas. Apoyada en el quicio de la puerta, con sus hermosas ojeras violáceas, la ropa negra y el rostro muy pálido, parecía mayor de lo que era. Eso justo le había dicho su madre nada más verla, que la encontraba peor, más fea y hasta más envejecida.

–¿Cómo quieres que venga, si no paras de ponerme pegas?

–¿Pegas yo a ti? ¿No es más bien al revés?

Una luz lechosa, desvaída, se colaba por el patio interior. De espaldas a ella, la madre daba vueltas a un guiso en la

151

cazuela. Pollo con verduras y montones de especias mezcladas al tuntún. El olor a picante invadía la casa. También el sonido del televisor, aunque nadie lo viera.

–Vale, mami, ¿y qué es todo eso que ha pasado? ¿No me lo vas a contar?

–Oh, nada que te interese. A ti no te gusta cotillear.

–Venga ya, no seas rencorosa. Cuéntamelo.

–¿Que te lo cuente? ¡Ya veremos! –Se volvió con ironía, le clavó la mirada–. Ay, Dios, no me acostumbro a verte esas argollas.

–¿No te gustan?

–¡No! Qué obsesión tenéis ahora por taladraros. Ya no os basta con las orejas, no. Ahora también la nariz y la lengua y las cejas... Toda la ferretería encima, vaya.

–Y más sitios, mami, más sitios nos taladramos.

–Ni me los digas.

Clara rió.

–Quién te ha visto y quién te ve. Con lo moderna que tú has sido siempre... ¿O quieres que te recuerde lo de tu tatuaje en...?

La madre también se echó a reír de buena gana. ¿Moderna? Sí, era verdad que lo había sido. A Clara, de niña, se lo decían con frecuencia, aunque con un sentido acusatorio. Tu madre es muy moderna, le soltaban, y en realidad sonaba: *demasiado moderna*. Lo decían por todo y por nada. Porque vestía con descaro y se pintaba las uñas de los pies. Porque se divorció dos veces y había montado en casa un salón de peluquería donde acudían clientas de otros barrios. Porque se echaba en una tumbona de la azotea comunitaria a leer novelas, broncearse y fumar. Porque cuando iba al cine colocaba a Clara con cualquiera, a su única hija, esa niña desobediente y contestona por falta de mano dura. Charlatana y extravagante, la madre de Clara hablaba inocentemen-

152

te con quien fuera, sin darse cuenta de que la criticaban a sus espaldas. De niña, Clara sentía vergüenza ajena, pero también la imperiosa necesidad de defenderla. Ahora Clara no solo no se avergonzaba de su madre, sino que, en gran medida, la admiraba. Había superado un montón de zancadillas y obstáculos y lo había hecho sin alarde, como por instinto. A sus pies, querida madre, pensaba a menudo, aunque eso no impedía que la sacara de quicio su manera de hablar, dando vueltas y vueltas, divagando y repitiéndose.

Ahora, mientras probaba el guiso y se quitaba el delantal, mencionaba a los vecinos del segundo como si ella no los conociese de sobra.

–Mami, que Rosa era mi amiga, ¿no te acuerdas?

–Sí, sí.

Pero siguió. Rosa tuvo un niño inesperadamente, le informó. Una niña, se corrigió luego, un bebé precioso que al principio cuidaban los abuelos por temporadas, hasta que ella sentó cabeza al fin y se lo llevó. Todos los hijos se habían ido ya a vivir sus vidas, cada uno a su lado –cada mochuelo a su nido, dijo–, y ya solo quedaba el matrimonio, aquel hombre tan-tan-tan amable, tan elegante, y su mujer, que estaba como una cabra o como una vaca, según se mirase.

–Con decirte que un día quiso avisar a la policía porque yo había usado las cuerdas de su tendedero. ¡A la policía por eso! ¡Por tender en sus cuerdas! Menos mal que el marido intervino.

–Sí, ya me sé la historia.

Oh, pero habían pasado muchas más cosas que Clara no sabía. En los últimos meses la mujer se había puesto fatal. Tiraba basura al patio interior y hablaba sola. Una noche salió a la calle en camisón y se puso a cantar a toda voz. Y se estaba volviendo muy maleducada, muy grosera. ¡Decía cada palabrita!

153

–Me pregunto qué hace ese hombre con ella. No pegan nada de nada y míralos, llevan casados toda la vida. En fin. El matrimonio es un lugar misterioso, bien que lo sé yo con mis dos divorcios a cuestas...

Y empezó a hablar de sus divorcios.

–Mami, ¿quieres hacer el favor de centrarte?

–¿Centrarme? ¿Te parece que estoy descentrada?

–No he dicho eso. Pero te pones a embrollarlo todo, eres incapaz de contar una historia desde el principio hasta el final sin dar un montón de rodeos. Lo conviertes todo en un lío.

–Yo no doy rodeos –respondió muy ofendida–. Voy aclarando los datos, explicándolos según van saliendo. Si los pusiera uno detrás de otro, sin más, no se entendería nada. Eso que tú llamas rodeos yo lo llamo la salsa de la historia. Y me parece a mí que interrumpiéndome tampoco ayudas mucho. Ahora tendré que empezar otra vez por el principio.

Pusieron la mesa en silencio. El mantel a cuadros, servilletas de colores, dos juegos de cubiertos, dos vasos Duralex, la jarra de agua. La cazuela en el medio, un cucharón y dos platos para servir allí mismo. La madre seguía picada, pero Clara sabía que en cuanto se sentaran se le pasaría y continuaría la historia. Lo que más le gustaba en el mundo, con diferencia, era observar, inventar y narrar, esa mezcla explosiva.

–Bueno, ¿y qué ha pasado ahora con los vecinos?

–¿Que qué ha pasado? ¿Ves como al final sí quieres saberlo?

Clara no quería saberlo, pero dijo:

–Desembucha.

–La otra noche, que se montó una buena. No veas los gritos que pegaba ella. Él ni mu. Solo la mujer, venga a insultar y a perder los papeles, a decir barbaridades que

154

hasta a mí me espeluznaban, y mira que he oído cosas en mi vida. Y después vino un jaleo tremendo de romper cosas, platos o así, cristales haciéndose añicos y el ruido de golpes en la pared y de alguien tirando muebles al suelo. —Suspiró contrariada y miró comer a su hija—. ¿Cómo está el pollo? Por más que lo intento no termino de pillarle el punto.

—Está bueno. Pero escucha, ¿a nadie se le ocurrió asomarse a ayudar?

—¡Sí, hombre! Para ayudar estaba la cosa...

Lo único que se podía hacer, dijo, era avisar a las autoridades. Que al final no hizo falta porque lo que llegó fue una ambulancia. Y luego supieron que la había llamado el marido, desbordado por la situación.

—Para llevársela la tuvieron que sedar. Una crisis nerviosa, al parecer. Pobre hombre.

—¿Y no pobre mujer?

—No te digo que ella no me dé pena, pero más pena me da él. Se le nota consumido, como sin fuerzas. Ella cada día más gorda y él cada día más canijo.

Clara se quedó pensativa. Qué extraña fijación tenía su madre con aquel vecino. Siempre había sospechado que le gustaba un poco, furtivamente. Sin duda, lo consideraba un hombre atractivo, muy diferente de los que a ella le tocaron en suerte. Por supuesto, Clara tenía otra opinión al respecto.

—Se me ha ocurrido que podría llevarle de vez en cuando un plato de comida —dijo entonces la madre—. Ya sabes, algo sencillo, que no le haga sentirse mal. Por ejemplo, si cocino un guiso como este, pues le aparto un poco y le bajo un táper. Ya sé que no soy buena cocinera, pero ahora que ella está ingresada vete a saber qué come él, si es que come.

Clara se atragantó al escucharla.

—Mamá, por Dios, no hagas eso. Qué vergüenza. ¿Qué más te da a ti si ese hombre come o no?

–¡Él es siempre tan amable conmigo!

–Tiene dos manitas para cocinarse él solo, ¿no?

Si supiera que... Ah, pero ¿cómo decirlo? La mera idea de que su madre bajase a llevarle guisos a aquel hombre la enfurecía. La miró de reojo. El pelo suave y cuidado, peinado con ondas un poco artificiosas. La piel con manchas, castigo divino por todo el sol que tomó en su juventud medio desnuda. Los ojos irritados por abusar de las lentillas. Era presumida, pero, a la vez, mostraba una orgullosa despreocupación por su aspecto. A quien le gustara, bien, y a quien no, también.

–Pues a mí me parece una buena idea –dijo con dignidad–. Los vecinos tienen que ayudarse unos a otros. Y me sorprende que te espante la idea. Yo no te eduqué para que fueses tan egoísta.

Se levantó para recoger la mesa. Clara vio que le temblaban las manos, agrietadas y secas pero con la manicura hecha. Al principio pensó que era por la conversación, pero luego notó que había otro motivo. Algo en el cuerpo de su madre se estaba desgastando y parecía desenfocado, borroso.

–Mamá, ¿te encuentras bien?

–Sí, claro. Pero para el poco tiempo que estamos juntas no vamos a pasarlo discutiendo, digo yo. Voy a preparar el café.

–Me refiero a otra cosa. ¿Has estado enferma, te duele algo?

–¿Yo? Qué va, qué dices. Estoy como una rosa. Luego te enseñaré un par de trapitos que me he comprado. A mi edad todavía me queda bien la ropa. Nunca he estado mejor, en serio.

Un día, muchos años atrás, en la entrada del portal, Clara se había cruzado con Damián, que por entonces debía de tener unos trece años. Un niño grande que se comportaba como uno más pequeño, con torpeza, los labios entreabiertos, la mirada baja y las manos inquietas, sin saber dónde colocarlas. Un niño en la mitad de dos edades, que había crecido más de la cuenta pero aún no se había desarrollado del todo, como solía decirse en esa época. Alto, gordito, blando, sin terminar de cuajar. La sombra del bigote asomando sobre la boca indecisa. La raya al lado, quizá hecha por la madre. El aroma a colonia Nenuco. Calcetines blancos y gruesos zapatos de cordones, como de ortopedia. La bolsa de tela que llevaba colgando del brazo estaba a rebosar de barras de pan. De una de ellas faltaba el pico. El tragón, pensó Clara, no sabe contenerse.

Damián se echó a un lado y la saludó con timidez. En vez de responder, a ella se le ocurrió gastarle una broma.

—Oye, tengo una cosa tuya en mi casa.

Damián titubeó.

—¿Una cosa? ¿Qué cosa?

—No puedo decírtelo. Una cosa. Mejor sube y la recoges. ¿O prefieres que te la baje yo?

—Pero ¿qué es? ¿Qué cosa?

Clara disfrutaba con este tipo de juegos. Juegos retorcidos, incluso crueles, para probar a la gente. Hacía experimentos con quienes la rodeaban. Le encantaba ver sus reacciones, ponerlos al límite. Era una niña mala. No traviesa: mala. A veces, si la situación se torcía o se le iba de las manos, se sentía culpable, pero la tentación de torturar seguía siempre ahí, como un latido.

—¡Que no puedo decírtelo!

—Pero ¿por qué la tienes tú? ¿Te la ha dado Rosa?

—Rosa, sí.

Por la cara de Damián pasaron todo tipo de expresiones: curiosidad, duda, inquietud, bochorno y miedo. ¿En qué estaría pensando?, se preguntó Clara, maliciosa. Con trece años los niños ya esconden secretos deshonrosos y oscuros, manchas privadas, flaquezas. Desorientarlos resultaba muy fácil. Como acorralar a una cucaracha, un escobazo por aquí, otro por allá, con la diferencia de que las cucarachas solían ser más listas y se escabullían mejor. Damián la miraba con sus redondos ojos azules, sin entender. Clara se acercó más, le tiró de la manga.

–Venga, ven y te la doy.

No hizo falta insistir mucho más. Damián la siguió con docilidad por las escaleras, sin hacer el intento de parar antes en su casa para dejar la bolsa de pan. Clara abrió con su propia llave; su madre, dijo, había ido a yoga. Quedarse sola era algo a lo que ella ya no daba ningún valor, estaba más que acostumbrada. Podía ver la tele hasta hartarse. Cocinar espaguetis y dejar después la cocina hecha un desastre. Probarse la ropa de su madre y maquillarse con sus barras de labios y sus polvos. Jugar con los secadores de pelo, con los rulos y las tenacillas. No todos los niños de su edad contaban con esos privilegios. Eso era lo que más le gustaba: el saberse poseedora de algo que no tenía el resto.

–¿Sabes lo que es el yoga? ¿No? Me lo imaginaba. –Bajó la voz, agarró a Damián de un brazo–. Una especie de religión que se practica en grupo, con el cuerpo. Los que van se reúnen y se tiran por el suelo. Hacen posturas raras, se doblan y se enroscan como las serpientes. Ven espíritus. Y hablan con ellos, en idiomas rarísimos.

Damián cerró los ojos.

–Bueno, ¿me vas a dar ya lo que sea?

–¡Verdad! ¡Ahora mismito!

Recorrió el pasillo canturreando. ¿Dónde puse la cosita, dónde la puse?, decía. ¡Ahora no me acuerdo! Se paraba delante de cada habitación. ¿Estará aquí? Entraban y seguía con su teatro: ¡aquí no, seguiremos probando en otro sitio!

Un hormigueo de placer la recorría de arriba abajo: el placer de la burla.

Damián la seguía de cerca, pisándole los talones.

—Dime la verdad. No tienes nada, ¿no?

—¿Cómo que no? ¡Pero si todavía no hemos terminado de buscar! Tenemos que mirar en los armarios..., debajo de las camas..., en los cajones..., detrás de la cortina de la ducha... ¡Puede estar en cualquier sitio!

Aturdido, Damián se detuvo en mitad del pasillo, sin hacer caso ya de la mano de Clara, que tiraba de él, resistiéndose sin voluntad, por pura parálisis. Se mordía los labios como si se estuviera enfrentando a una gran decisión.

—Dime la verdad —suplicó.

—¿La verdad? Vale. Te la diré. Pero primero voy a enseñarte mis tesoros. Mis colecciones. Ni te imaginas de lo que están hechas mis colecciones. A mis amigas les dan asco, pero yo creo que son una pasada. ¿No quieres verlas?

—Por favor... Tengo que bajar ya. Me están esperando.

Clara olió el miedo que Damián desprendía. Consideró, con satisfacción, que era un miedo desproporcionado y ridículo: el miedo de un cobarde.

—Qué cagón.

—Con que me digas qué estamos buscando me conformo.

—Solo te lo diré si ves mis colecciones.

—Te estás quedando conmigo. No tienes nada.

Clara rió.

—¿Ah, sí? ¿Cómo estás tan seguro? ¿Qué nos apostamos a que sí tengo una cosa tuya? ¿Una cosa, además, que te morirías de vergüenza si los demás la vieran? Venga, vamos a apostar. ¿A qué sabes jugar? ¿Al ajedrez, a las damas? ¿Echamos una partida de cartas? ¿Jugamos a la escoba? ¿Al tute? Si ganas tú, te devuelvo lo que es tuyo. Pero si gano yo, se lo enseño a todo el mundo.

–No puedo. Se va a montar una buena si mis padres se enteran de que he subido aquí.

–¿Por qué? ¿No te puedes entretener ni un minuto? ¡Cagón, cagón, cagón! ¡Miedica! Ahora bajo yo y hablo con ellos. Yo se lo explico.

El pecho de Damián subía y bajaba. Se apoyó en la pared, desvanecido, casi a punto de caer de rodillas. En los labios entreabiertos le brilló un rastro de saliva. La saliva del bobo, pensó Clara, del imbécil. Siguió con la matraca. Cantarina, sádica.

–¡Damián tiene miedo de que su papá y su mamá le zurren con la zapatilla! ¡Que le peguen en ese culo gordo que tiene! ¡Pobre Damián, es como un niño pequeño, una nenaza, buhhhh!

Fue decir todo eso y verse después, sin transición, en el suelo, tirada de mala manera sobre una pierna doblada, con la cabeza dolorida del golpe. Casi no le dio tiempo a entender qué había pasado. Damián la contemplaba desde arriba con desesperación y furia, los puños apretados. Clara se sacudió, trató de levantarse. Cuando pudo hacerlo, él ya se había ido corriendo. Dejó la puerta abierta. Clara oyó sus pasos por la escalera, a la carrera, sus jadeos. Se enjugó las lágrimas, más de sorpresa que de dolor. La garganta le ardía. En el suelo estaba la bolsa del pan; las barras habían quedado esparcidas a lo largo del pasillo. Damián no volvió por ellas.

Clara se pasó el día siguiente vagueando. Era verano y no había colegio, los días se alargaban y el remordimiento cubría todas las horas. Su madre, en cambio, estuvo muy atareada. Atendió a cuatro clientas sin descanso. Secador, tenacillas, tintes y mechas. Historias inventadas o reales, de unas y otras. A Clara le encantaba sentarse a escuchar, zambullirse de lleno en ese mundo de calor artificial y productos químicos. Pero esta vez nada de aquello la entretenía. Se

160

puso a toquetear las cestillas con botes, a sacarlos y volverlos a colocar en su sitio. Su madre la miró de refilón. Más tarde, cuando se quedaron solas, le preguntó qué le pasaba.

–Ayer por la tarde vino el niño del segundo, el mayor. Y le gasté una broma muy pesada. Ahora me siento mal.

Su madre le revolvió el pelo, pensativa.

–Eso te honra, sentirte mal. Pero no es suficiente. Tienes que bajar y pedirle perdón.

–Me da vergüenza.

–Nunca tiene que dar vergüenza pedir perdón.

–Pero me da.

–Entonces a lo mejor no es vergüenza sino orgullo.

Cuando su madre hablaba así, con esa firme serenidad, Clara sabía que el asunto era serio.

–Es que... es que tengo... está aquí su bolsa del pan –lloriqueó–. Se la dejó sin darse cuenta. Las barras ya están duras, las tengo guardadas en mi cuarto. Y no sé qué hacer, si devolverlas así, duras, o comprar otras barras o qué.

–No te preocupes por el pan, eso no tiene importancia. El pan duro es solo pan duro. Pero baja y habla con él. Luego te sentirás mucho mejor, ya verás como te perdona. En esa familia todos son muy educados. Y yo quiero que tú también lo seas.

A Clara la asoló una inusual timidez. A ella, que tan valiente era para otras cosas, le imponía bajar a esa casa. Llamar a la puerta, modular la voz y actuar. Ya había estado antes y era muy incómodo. Tanta cortesía y tantas preguntas. La sensación de estar siendo observada, de tener siempre una mirada en la nuca aunque no hubiese nadie detrás. Clara prefería que fuera Rosa quien subiera a jugar. Abajo se sentía constreñida. Sin embargo, era difícil explicar el motivo a un adulto. Ella no habría sido capaz de hacerlo.

Su madre la empujó suavemente hacia la puerta. Clara

bajó las escaleras con lentitud. Se acordó de los pasos de Damián la tarde antes. Apresurados, bajando de dos en dos con atropello. Se le encogió el estómago. Tomó conciencia de sus pies sucios, las uñas largas asomando por las chancletas rosas, y tuvo ganas de llorar. Pensó en subir a lavarse. Pero ya era tarde. Ya estaba en el segundo. Mejor llamar y acabar cuanto antes.

La recibieron y la hicieron pasar al interior con amabilidad. Abrió la madre, pero el padre salió enseguida del despacho, como un animal de su madriguera, y ya no abandonó la escena. En voz muy baja, Clara pidió permiso para hablar con Damián, si es que estaba en casa, claro. Estaba, estaba. La acompañaron hasta la salita, una estancia muy austera, casi despojada de muebles. El trazado del piso era idéntico al suyo, pero había que esforzarse para reconocerlo. Quizá todo estuviera más limpio y ordenado, pero no era más claro sino más oscuro, con menos color, más oprimente. Clara prefería el abigarramiento decorativo de su madre, las viejas alfombras y los cojines estampados, los cuadritos cubriendo las paredes para tapar desperfectos y las figuras por doquier cubiertas de polvo. Le indicaron que se sentara en el sofá, mientras Damián, sentado en la mesa camilla con sus cuadernos escolares, la miraba con ojos precavidos. También estaban todos los demás: Rosa, el hermano pequeño, la madre, el padre. Si Clara había pensado hablar a solas con Damián, se desengañó en ese momento. La familia al completo la observó con expectación. Una leve sonrisa marcaba la expresión del padre, de pie en una esquina. Tenían sintonizada la radio en un canal de música clásica. El locutor anunció: *Pieza número 3, ballade, allegro enérgico en sol menor, de las seis piezas para piano opus 118 de Johannes Brahms, compuestas en 1893.* Clara consideró lo inadecuado que sería interrumpir al locutor. Sobre ella cayó todo el peso de la ceremonia. Se hizo un hondo silencio hasta que comenzó a sonar la música.

Pero ¿cómo hablar, qué decir? En la cara de Damián había un destello de espanto. ¿Temía que lo delatase? ¿Qué sabían sus padres de lo ocurrido? Algo tuvo que explicarles cuando bajó sin la bolsa del pan. ¿Qué esperaban de ella? ¿Qué era lo conveniente? Tragó saliva y se topó otra vez con la mirada inquisitiva de los padres. La de él, más amable; la de ella, un pelín torcida, como desconfiada.

—Damián —arrancó al fin—, quiero pedirte perdón por lo de ayer.

Incómoda, se dirigió a los demás para explicarse.

—Le hablé de malas maneras y no le dejé irse aunque me dijo que tenía prisa. Me porté fatal y por mi culpa, bueno..., se olvidó esto en mi casa. —Extendió la bolsa de tela, que hasta entonces había llevado en la mano hecha un gurruño.

Todos seguían callados, esperando. Ella se vio obligada a continuar. Miró a Damián para coger fuerzas.

—Si... si me perdonas, no lo volveré a hacer. Quiero decir, no lo volveré a hacer de ningún modo, me perdones o no, pero ojalá me perdones.

El padre respondió en nombre del hijo.

—Por supuesto que te perdona. El rencor es un sentimiento que debe arrancarse de nuestros corazones, como las malas hierbas. Gandhi decía: «No dejes que muera el sol sin que hayan muerto primero tus rencores.» ¿Qué crees que significa, Clara?

—Que el sol es importante...

El padre la contempló con seriedad. Levantó un dedo, aleccionador.

—No. Que debemos librarnos del rencor lo antes posible. Si nos hacen algo por la mañana, por ejemplo, antes de que anochezca ya hemos tenido que perdonarlo.

–¿Y si nos lo hacen por la noche? ¿Hay de plazo hasta el día siguiente? –preguntó el hermano pequeño.

–No, querido mío. No se trata de plazos. Lo que importa es la idea, el concepto.

Clara asintió ostentosamente, dando a entender que lo había comprendido.

–Por eso, no es que Damián te vaya a perdonar ahora. Es que ya te perdonó ayer. ¿Verdad, Damián?

–Sí, papá.

–De todos modos, está muy bien que hayas venido –intervino la madre–. ¿Ha sido tu madre quien te lo ha dicho?

–¿Qué? ¿Mi madre? No. Sí.

–Bueno, dale las gracias de mi parte, ¿vale?

–Sí.

–¿Os gustan los espárragos?

–¿Qué?

–He comprado un manojo enorme de trigueros, tengo de sobra. Llévale la mitad a tu madre. Ven conmigo a la cocina que te los dé.

Clara la siguió en silencio, como hipnotizada. En ese momento, habría hecho cualquier cosa que le hubieran pedido, por extraña que fuera. Volvió a su casa con los espárragos en un puño y la sensación de haber cumplido solo a medias. A Damián no parecía haberle hecho ningún favor. Él la había despedido con sus ojos de pescado, sin pestañear. Quizá lo había metido en más problemas, quizá ahora lo estaban interrogando para conocer la verdad de la historia, que no encajaba con la que habría contado el día antes. Pero a su madre Clara le explicó que todo había ido perfecto. El padre le había enseñado una cita muy bonita de un hombre muy sabio. Algo así como que cada día, antes de acostarse, hay que perdonar a todo el mundo. Su madre cogió los espárragos y los metió con delicadeza en un vaso con agua, como si fuesen flores.

—Para una tortilla —dijo—. ¡Qué hombre más agradable, qué detalle!

Clara no le dijo que eran un regalo de la madre. Le dio pudor hacerlo. Un pudor inexplicable y misterioso. El deseo de no remover más las cosas, ya de por sí demasiado confusas para ella.

Se sentaron enfrente de la tele, sin verla. Clara había llevado dulces, esas cañitas de hojaldre rellenas de crema y espolvoreadas de azúcar que tanto le gustaban a su madre, pero ella, que normalmente era muy capaz de comerse tres o cuatro seguidas, solo mordisqueó una, distraída. Con la mosca detrás de la oreja, Clara la escuchaba hablar —¡todavía!— de los vecinos.

—A los hijos ya ni los veo. Vendrán de higos a brevas, como tú.

—Tirito, ¿eh?

—Ni tirito ni tirita. Así son las cosas. No digo yo que se desentiendan, porque malos no son, nunca lo fueron. Al revés, eran unos niños encantadores. El mayor muy callado, eso sí. Y Rosa, tu amiga, un poquito peculiar, como enfadada siempre. Guapísima, por cierto. Luego estaba Martina, la adoptada, que era mucho más simpática pero más feúcha. Casi eran de la misma edad, ¿verdad?

—Sí. Martina un año mayor, creo.

—Y el chico, el Aquilino, qué pillo era. Ese ha sido el más listo de todos. Me han dicho que le va de maravilla. Ese ha salido a su padre.

—Porque la madre es tonta, claro.

—Estudios, que yo sepa, no tiene.

Clara resopló.

—Mami, en serio, mira que estás repitiendo con las demás mujeres lo que antes hacían ellas contigo.

165

–¿Repetir el qué? No te entiendo.

Y era verdad que no entendía. ¿Cómo explicárselo? Clara decidió no hacerlo mientras ella, erre que erre, insistía en el asunto de los tápers.

–Mira, es de justicia. No te puedes imaginar lo correcto que ese hombre ha sido siempre conmigo.

–Ya me lo has dicho.

–Un día, sin venir a cuento, me regaló un disco de música clásica. Que sabía que me gustaba la música, dijo, que a ver qué me parecía ese disco.

–Oh, un disco, ya ves tú, qué maravilla.

–También me prestó algunos libros porque me vio leer en la azotea. Libros mejores que los que yo leía, más complicados, pero él pensó que yo era capaz de entenderlos. Eso me encantó, la verdad, que no me menospreciara.

–Ajam.

–Y una vez que me vio echando una quiniela me preguntó si andábamos apuradas de dinero. Me dijo que no dudara en recurrir a su ayuda cuando fuese preciso. Afortunadamente no hizo falta, pero qué gesto, ¿no? No todo el mundo hace eso.

–Desde luego que no. Oye, ¿y todavía sigue igual de generoso?

–Bueno, ahora hablamos menos, pero todavía, cuando coincidimos, me pregunta por ti, me ayuda a cargar las bolsas si vengo de la compra. Ya te digo, es un hombre encantador.

A Clara le iba a dar algo si no hablaba.

–Pues no siempre ha sido tan encantador. Damián me contó que le obligó a tirar todos sus cómics a la basura. El pobre los compraba con su dinero, los leía en secreto y luego los escondía en el trastero, en cajas de apuntes antiguos. Pero el padre los encontró y le obligó a romperlos. Tuvo que hacerlo él mismo, página a página, y después bajarlos al contenedor, sin rechistar. Sus propios cómics, toda su colección. Todo porque el padre decía que los superhéroes eran violentos y pornográficos. Que difundían valores nefastos o qué sé yo. Vamos, que no lo hizo como un castigo. Era una enseñanza.

—Pero ¿tú estás segura de que fue así? A mí me cuesta creerlo, la verdad. Siempre ha sido un hombre muy respetuoso. Muy pacífico. Nunca una palabra más alta que la otra. No me lo puedo imaginar rompiendo nada.

—No, si él no los rompió. Los mandó romper.

—A ver, vete a saber. Lo mismo es que el niño se pasaba el día entero leyendo y no estudiaba. O a lo mejor es verdad que eran cómics guarros, que esa es otra. Hay que ponerse en la situación completa para juzgar.

—No era un niño, mami. Era una persona adulta cuando pasó aquello. Eran sus cómics, le gustaban. No, no le gustaban. Le volvían loco, ¿entiendes? Le apasionaban. Y tuvo que romperlos *él mismo*. El padre no quería que nadie los rescatara de la basura. Pensaba que lo mejor era destruirlos.

—¿Y eso te lo contó él? Yo pensaba que de mayor ya no tenías relación con ninguno, ni siquiera con Rosa.

—Con Damián sí. Nos veíamos bastante, aunque medio en secreto porque él no quería que sus padres lo supieran. Nunca te lo he contado. Ay, mami, hay tantas cosas que no sabes...

Desde el día en que bajó a pedirle perdón, no habló más con él. Por supuesto, se lo cruzó montones de veces en el portal, por las escaleras del bloque o en las tiendas del barrio, haciendo los recados. Si se lo chocaba de frente, Damián la saludaba con brusquedad, pero si podía evitarlo se hacía el tonto. Clara creyó que seguía enfadado, que jamás la había perdonado, no tanto por la broma que le montó como por haber bajado después a humillarlo ante su familia.

Rosa también dejó de subir a jugar. Quizá ese vacío estuviese relacionado con lo ocurrido. O quizá el motivo fue la llegada de Martina, la hermana adoptada, que la sustituyó en su papel de compañera de juegos. Clara se hizo a la idea de que esa familia, los del segundo, eran unos *raros*. Su relación con ellos se redujo a decir hola y adiós y poco más. Y era verdad: solo él, el padre, se paraba a preguntar qué tal estaban o hacía algún comentario cortés sobre el tiempo. Inclinaba un poco la cabeza y sonreía como el que más.

Años más tarde, cuando contrataron a Clara en el centro comercial, comenzó a coincidir con Damián en el autobús. Los dos tenían horarios similares, aunque él se bajaba dos paradas antes, en el campus universitario. Fue ella quien se acercó a conversar la primera vez, espontáneamente. Por curiosidad, por necesidad de expiación, por aburrimiento, por una mezcla de todo ello. Damián estuvo cohibido al principio, pero enseguida se relajó. Se cayeron muy bien, como si acabasen de conocerse. En realidad, todo era muy nuevo entre ellos dos. Clara era ahora más madura, más dulce. El punto de desvergüenza y marrullería que todavía le salía a ratos se aplacaba en presencia de Damián. Por su parte, él mostraba un fino sentido del humor, socarrón e inteligente, que Clara no había imaginado. Bajo su aspecto más bien insignificante, Damián le parecía ahora irresistiblemente gracioso. Su leve tartamudeo. La manera de torcer la cabeza cuando la escuchaba. Los andares patosos. Tenía una timidez brillante, encantadora, no para reírse de ella, sino para envidiarla.

El trayecto se les hacía tan corto que acordaron hacerlo

andando. El camino era largo —cuarenta minutos en el caso de Damián y casi una hora en el de ella—, pero se lo pasaban charlando y además se ahorraban el dinero del autobús. Fue entonces cuando Damián le pidió que no dijera nada. No le apetecía que sus padres le hicieran preguntas, aclaró. ¿Preguntas sobre qué? Sobre esa amistad, dijo, vacilante. Sobre ellos dos. Clara intuía que había otra razón, pero, luchando contra su propia naturaleza, no presionó para averiguarla. Así que, cada mañana, quedaban una manzana más allá del portal, en un lugar discreto, y después caminaban juntos hablando sin parar. Damián no tenía ni idea de muchas de las cosas que le contaba Clara. No conocía ni una sola de las películas que ella veía o de los bares adonde iba los fines de semana. Clara se reía de él, pero sin malicia. ¡Vives en una burbuja!, le decía. Pero el mundo de Damián también era complejo, a su manera. Por ejemplo, era un experto en cómics de superhéroes y en novelas de ciencia ficción, que sacaba de la biblioteca. Sabía un montón de cosas sobre ovnis, enigmas científicos, investigadores perseguidos por la CIA y territorios míticos como la Atlántida, datos muy concretos que registraba con pasión y codicia. En otras circunstancias, Clara habría manejado los resortes de esa amistad para hacerse con el mando —la chica más experimentada y segura de sí misma frente al chico ingenuo y manipulable—. Pero no ocurrió así. Hablaban como iguales. Eran iguales. Si él le contaba un problema —y comenzó a hacerlo, poco a poco—, ella no sentía una lástima fría y desdeñosa, como habría ocurrido en otro caso, sino una sincera preocupación por su amigo.

Él le confesó que odiaba sus estudios. Se había matriculado en matemáticas no sabía por qué. En el bachillerato se le daban fatal. Quizá creyó que esa decisión gustaría a sus padres. Que lo aplaudirían por ello. Escoger una de las carreras más difíciles, más abstractas y puras. No lo hicieron. Él jamás conseguía complacerlos, por mucho que lo intentara. Y la carrera le superaba. Era incapaz de aprobar los exámenes. No entendía nada y se había quedado tan atrás que ya no había solución. Llevaba tantas asignaturas pendientes que hasta los profesores lo daban por perdido. Sus padres, de esto, no tenían ni idea. Si seguía yendo a clase, le dijo, era solo para disimular. Últimamente se metía en la sala de estudios y leía los cómics que guardaba en una taquilla. No hacía nada más. Pero tarde o temprano se descubriría el pastel. Esa certidumbre ya no le dejaba dormir.

Clara lo animó a que dijera la verdad. A que abandonara la carrera y empezara cualquier otra cosa que le gustara. O a que se pusiera a trabajar como ella, a ganar su propio dinero. ¿Por qué no abría una tienda de cómics? ¿O una librería especializada en ciencia ficción? Aunque el proyecto sonaba terriblemente fantasioso, se dedicaron a planificarlo al detalle. Tendría que pedir un préstamo, claro, así es como lo hacía todo el mundo que montaba un negocio. Repartir publicidad por los buzones, poner carteles en los tablones de las facultades. En bellas artes seguro que había muchos fanáticos de los cómics. En filología. En filosofía. Pescarían clientes por todos lados. ¿Había posibilidades de que sus padres le prestasen algo de dinero? ¿O al menos de que lo avalaran ante el banco? Damián sonrió para sí. Todo lo que hablaban era una pura fabulación, dijo, era imposible llevarlo a cabo. ¿Por qué?, insistió Clara. ¿No podía al menos intentarlo? Él entonces le contó lo que le había pasado con los cómics. Que su padre le había obligado a destrozar y tirar los que encontró en el trastero. O que, más que obligarle, *se lo había pedido con amabilidad*. Era muy complicado enfrentarse a eso, dijo. Clara no entendió por qué no se había rebelado, ella se habría negado a obedecer, pero lo vio tan abatido, tan fuera de combate, que asintió sin preguntar nada.

Se quedó dormida con el café a medio tomar, la cabeza vencida sobre el cuello. No había placidez en ese sueño. Respiraba con esfuerzo, entrecortadamente. Clara le colocó un cojín en la nuca, trató de acomodarla. La piel de sus manos le pareció más fina que nunca, como a punto de romperse por la presión de los nudillos. Las venas que le surcaban las muñecas eran de un verde pálido con un delicado toque turquesa. Bajo el vestido floreado y juvenil se adivinaba un cuerpo derrotado por el cansancio. Al dormir, su madre había dejado de fingir. Ahora se mostraba tal como era, sin censuras, agotada y posiblemente enferma. Desprendía un olor dulzón, como a manzana pasada, un olor sospechoso. Clara decidió interrogarla en cuanto se despertara. Tenía prisa por irse, pero la dejaría descansar y luego le preguntaría sin rodeos. Apagó el televisor, se levantó y curioseó entre los discos de vinilo. El tocadiscos hacía tiempo que no funcionaba, pero ahí seguía, como un testigo de la vida pasada. Clara miró las portadas de los discos. No había más que un par de docenas. Todos estaban muy viejos, algunos muy rayados. Ella tenía grabadas en su memoria las carátulas. Jacques Brel, Edith Piaf, Miguel Bosé, Nino Bravo, Vinicius de Moraes, Roberto Carlos, Cesaria Evora, Julio Iglesias. Si se esforzaba, era capaz de encontrar una pauta en ese hilo de nombres. Recordó cómo su madre los ponía una y otra vez, cómo le hizo amarlos y después detestarlos y después amarlos de nuevo. Entre todos ellos, como en los juegos de lógica en los que hay que desenmascarar al intruso, encontró un disco de la novena sinfonía. Lo miró con amargura.

171

Cuando se despertara, le encantaría contarle la verdad. O al menos esa verdad que hasta entonces había ido soltándole a cuentagotas, para no herirla de golpe. Para ese hombre, el que creyó que le descubría el mundo regalándole un disco de Beethoven, el que todavía le sostenía la puerta para que ella pasara o la ayudaba a cargar con las bolsas de la compra, para ese hombre educado y distinguido, ella era una basura. Es posible que ahora, tantos años después, su juicio se hubiera suavizado, pero existió una época en que este parecer fue severo e implacable. Ellas dos, madre e hija, eran un mal ejemplo no solo para su familia, sino para la sociedad entera. De ahí que Damián escondiera su amistad. De ahí también que Rosa dejara de subir a jugar tan de repente. Ellas eran la peste.

Otro día llegó cabizbajo. Las flores de las jacarandas restallaban con insolencia, alfombrando la acera de un resplandor morado. Era primeros de mayo: el cielo limpísimo y la brisa de la mañana, los gorriones alborotados, en pleno cortejo; toda esa belleza parecía conspirar en contra de Damián, burlándose de su abatimiento. Clara dejó de preguntarle qué le ocurría y caminó en silencio, pisando las flores en el suelo, apenada. Solo al final del trayecto, atropelladamente, Damián arrancó a hablar. Contó que su hermana Rosa, la tarde antes, había anunciado que abandonaba su carrera. No llevaba ni un año matriculada en psicología, pero aun así se había atrevido a plantar cara.

–¡Pero eso está muy bien! –dijo Clara–. ¿Cuál es el problema?

¿El problema?, repitió Damián, desolado. Que le había adelantado por la derecha, saltándose las normas de la lógica. Como si hubiese un solo cartucho en el arma y ella hubiera disparado la primera, sin respetar su turno. La comparación no era casual e incluso se quedaba corta. Soltar algo así, dijo, era como arrojar una bomba. ¿Cómo iba ahora él a seguir sus pasos? Rosa atacaba por atacar, se había vuelto rebelde por pura rabia, sin motivo. Actuando así, egoístamente, los dejaba a los demás en desventaja. Damián no podía entenderlo. Rosa había sacado unas notas excelentes en los primeros parciales. ¿Por qué les hacía eso? ¿Era solo una provocación?

Clara se quedó junto a él, parada en la esquina donde solían despedirse. De refilón, notó que los miraban. Damián estaba muy exaltado, con las lágrimas a punto de saltar. Quizá quienes los veían pensaban que era una pareja en el momento de su ruptura. Que ella lo había dejado y que él, desesperado, ansiaba retenerla a su lado. Intentó calmarlo.

–¿Y si en realidad tu hermana te ha abierto el camino? ¿No es más fácil ahora para ti, con ese precedente?

Damián se limpió la cara con el dorso de la mano. Sus ojos centelleaban de ira. Moqueaba. Su aspecto era lamentable. Un pensamiento cruzó rápido por la mente de Clara. Así –pensó– se explica que jamás consiga nada. Como si el mero hecho de flaquear, de dejarse vencer por la desolación, lo convirtiera en culpable.

–No entiendes una mierda –le soltó él.

El labio inferior, adelantado, le temblaba. Clara recordó el día de la broma en su casa. Era la misma expresión; nada había cambiado en él desde entonces. Una expresión en la que se mezclaban el miedo, la timidez y la profunda ofensa de la dignidad herida.

–No te enfades conmigo, Damián. Me gustaría ayudarte, pero no sé qué decirte.

–Pues no digas nada.

Balbuceando, todavía enfadado, le dijo que ahora todo

era una catástrofe. ¿Qué camino abierto ni qué mierda? Ya no era posible arreglarlo. Desde el anuncio de Rosa su madre se había metido en la cama y allí seguía, sin comer, quejándose de atroces dolores de cabeza, llorando sin parar. En cuanto al padre, los había tenido reunidos toda la noche para hablarles sobre la importancia de la perseverancia y el esfuerzo. Había hablado durante horas y horas, interrumpiéndose solo para pedirles que repitieran alguna frase o completaran algún razonamiento. No les había permitido dormir. Se suponía que todo aquello lo hacía para convencer a Rosa de que cambiase de opinión, pero ella solo cabeceaba con la mirada perdida, sin compasión por sus hermanos. ¿Por qué no cedía? Si hubiese cedido, los habría dejado en paz. ¿Qué culpa tenían Martina o Aqui? ¿Y qué culpa tenía él?

–Pero ¿por qué aguantáis todo eso? ¡Ya sois mayores! ¿Toda la noche sin dormir y encima discursitos? ¿Por qué no os fuisteis? ¡Erais cuatro contra uno! ¿Os tenía atados a la silla o qué?

–¡No! ¡Atados no! ¡No lo entiendes, no lo entiendes, no entiendes nada!

Desesperado, le lanzó una última mirada de cólera antes de darse la vuelta y salir andando a toda velocidad. Ni siquiera la rozó, pero Clara tuvo la impresión de que la había empujado contra la pared, como tantos años atrás. Ella lo había sacado de quicio de la misma manera. Subrepticiamente, lo había llamado cobarde. Hay un tipo de incomprensión que siempre va ligada a la censura moral. Esa había sido la suya.

Lo que se rompió entre ellos aquel día ya no pudo repararse. Se siguieron viendo, pero con una intermitente tensión de fondo. Su amistad se volvió irritable, susceptible y llena de tabúes. No hubo una ruptura solemne ni despedida ni nada parecido, pero la distancia se fue agrandando hasta que ya apenas hubo vínculo entre ellos y dejaron de esperarse en la esquina.

Mirando el rostro de Ludwig, sus labios finos, el pelo gris y alborotado, la expresión ceñuda, Clara recordó la última conversación que tuvo con Damián. Ocurrió dentro del autobús, porque ya nunca caminaban juntos. Él se sentó a su lado, clavó los codos en las rodillas, se lo soltó todo de corrido. Clara todavía se pregunta el motivo. Si había callado hasta entonces, podía haber seguido callado después. ¿Fue por despecho? ¿Para mostrarle lo complicada que era la situación y contrarrestar la ignorancia de Clara? ¿O solo por venganza?

Recuerda que le habló con frialdad, con las pupilas muertas, inmóviles, sosteniéndose la cabeza con las manos.

–¿Sabes lo que piensa mi padre de vosotras?

–Ni lo sé ni me importa.

–No, no, espera, tienes que saberlo.

–¿Por qué?

–Porque te crees muy lista.

Abrió la boca para coger aire y enumeró. Que su madre atendía a clientas a domicilio para no pagar impuestos. Que era una egoísta por haber tenido solo una hija y una irresponsable por no educarla debidamente. Que también era frívola y consumista, que su codicia era tan grande que prefería echar una quiniela antes que darle una limosna a un necesitado. Que a las dos les encantaba codearse con gente de un nivel económico superior, darse aires. Que no tenían buen gusto y jamás lo tendrían. Que eran incultas, inmaduras y caprichosas, incapaces de llevar una vida decente. Que para colmo eran unas beatas que lavaban su mala

175

conciencia yendo a las romerías y encendiendo velitas a los santos, supersticiosas como pocas. Que si Clara trabajaba de dependienta en el centro comercial era por su incapacidad para estudiar, además de por su pereza, pero que aún podía caer más bajo. Que, si no, tiempo al tiempo.

–¿Sigo?

Clara no recuerda qué respondió, si se defendió o no, si mostró o no su enfado, si cuando Damián se bajó del autobús –pues a la fuerza tuvo que bajarse antes que ella– se despidió de él como si nada o si le volvió la cara. Como suele ocurrir con la memoria, tiene claro los planteamientos, a veces los nudos, jamás los desenlaces. O bien recuerda detalles inconsistentes, en apariencia sin significado. Los cristales del autobús empañados debido a la humedad del interior. La mujer que estaba sentada frente a ellos, estudiándolos con tanta atención que Clara supo que lo había escuchado todo. La medallita de oro que lucía esa mujer sobre el jersey, con una luna y un sol solapados –su madre tenía una similar, regalo de un amigo–. Las botas que llevaba puestas ella ese día, unas *pisamierdas,* como entonces las llamaban, y las marcas blanquecinas que había dejado la lluvia en el serraje del empeine. Su mirada clavada en ellas, en las marcas, mientras Damián hablaba y la cara le ardía.

Colocó el disco en su sitio y contempló a su madre, que aún estaba dormida. Con el sudor, el pelo se le había pegado a las sienes. De vez en cuando, se estremecía, como asustada por un mal sueño. Estuvo observándola unos minutos mientras algo cambiaba dentro de ella, como si sus pensamientos hubiesen tomado de pronto una deriva inesperada. ¿Por qué habría de quitarle la venda de los ojos?, pensó. ¿Qué tipo de trofeo estaba persiguiendo? ¿El de la verdad? ¿El ajuste de cuentas? Ese era justo el tipo de cosas que le tentaban de niña, pero ya no. Hacer experimentos, pruebas. Poner a los demás frente a las cuerdas, incluso a quienes más quería. El impúdico placer de confundirlos, de verlos sufrir. De desbaratar sus ideas, quitarles el suelo y hacerlos caer. De ridiculizarlos.

Pero eso ya formaba parte del pasado.

Si su madre quería llevarle tápers de comida al vecino, ¿cuál era el problema? ¿Acaso su misión era restablecer un orden justo en el que cada uno recibiera solo lo que merecía? ¿Y qué merecía cada uno? ¿Lo iba a decidir ella?

Ese hombre había estado insultándolas a sus espaldas hacía un montón de años. Tenía una doble cara llena de falsedad que su madre no conocía, que no podía ni siquiera sospechar. Y qué. Era una falsedad inofensiva. Desconcertante pero inofensiva. Quizá aquel hombre las criticaba para lucirse, tontamente, delante de su mujer y sus hijos. Quizá solo desempeñaba el grandilocuente papel que se había impuesto a sí mismo y echaba mano de lo que tenía más cerca, como un contraejemplo. Quizá no toda su amabilidad era mentira. Quizá estaba trastornado. Quizá su opinión había cambiado, quizá incluso se había arrepentido. Se dicen muchas tonterías, muchas exageraciones a lo largo de una vida. Si lo pensaba a fondo, ella tampoco tenía la conciencia limpia.

Mirando a su madre dormir, lo tuvo claro. Era preferible que siguiera sintiéndose apreciada por ese hombre a que se le revelara una verdad tan hiriente. A estas alturas, pensó, no merece la pena remover el pasado. A estas alturas, se dijo: qué expresión más extraña. Como si el tiempo se les estuviera agotando. Como si hubiese que centrarse solo en lo importante y evitar lo accesorio, lo irrelevante.

Relevancia o irrelevancia: la diferencia, de pronto, se le presentó muy nítida. Qué hombre más irrelevante, se dijo, qué historia más pequeña en el fondo.

A ellas no les quedaba tiempo para la irrelevancia.

PREGUNTAR MANCHA

La niña era adoptada, entró en el colegio a mitad de curso.

Era una niña lista y cautelosa, con las paletas separadas y el pelillo de rata. Era graciosa, que es lo que les decían entonces a las niñas más bien feas.

En clase, los primeros días, sus compañeros la acogieron con curiosidad. Luego se fueron olvidando de la novedad, la dejaron a un lado. Ni se metían con ella ni la invitaban a jugar, era como invisible. Poco antes de llegar, la maestra les había advertido que no debían hacerle preguntas. Todos los niños respetaron escrupulosamente esa prohibición, hasta el extremo de aislarla con su silencio.

La niña aparentaba estar bien, pero solo se estaba resignando. Eran muchos los cambios. Todo el mundo le había explicado que eran cambios para bien, así que no entendía la razón de su malestar. ¿Por qué no estaba contenta? No se quejaba. Sonreía, pero no entendía. Trataba de adaptarse.

La maestra de guardia, otra distinta, la observó dar vueltas por el patio de recreo.

—Dejad que Martina juegue con vosotras —les dijo a unas niñas que saltaban al elástico.

–Bueno –dijeron las otras, a coro.

La niña saltaba mejor que las demás. Movía las piernas con tanta agilidad y rapidez que terminaban por no verse, en una sola ráfaga. Uno, dos, tres, cuatro, cinco, hasta cien o doscientos pasos sin fallar. *En la caaalle venticuaaatro ha habido un asesinaaato, una vieeja mató a un gaaato con la puuunta del zapaaato.* Era tan buena que fastidiaba el juego. La maestra se dio cuenta de que empezó a fallar queriendo, para que las otras no se enfadaran.

Cuando sonó el timbre, se separaron de ella de inmediato, dejando claro que si habían jugado juntas fue por imposición. La maestra la llamó en un aparte. La niña tenía mocos, se los secaba con la manga sin comprender que eso no se hace.

–Eso no se hace, Martina –le dijo la maestra.

Y luego le pidió que la acompañara.

–Pero ¿y la clase?

–No te preocupes por la clase. Yo se lo explico luego a tu tutora.

La niña la siguió con preocupación. Obedecía una orden desobedeciendo otra. Últimamente se veía metida en situaciones de ese tipo y no siempre acababan bien. Iba tras la maestra trastabillando.

–No pasa nada, Martina, de verdad. Solo quiero hablar contigo un ratito. Tranquila.

Decía mucho su nombre y eso a la niña le gustó. Se fue relajando poco a poco.

La llevó a la segunda planta, a un cuartito pequeño con una ventana que daba directa a la copa de un pino. Tanto, tan cerca, que con el viento algunas de las ramas golpeaban suavemente el cristal. El cuartito estaba forrado de dibujos hechos por niños y también de otro tipo de dibujos más sofisticados, postales de amaneceres y cascadas y frases como

180

El que abre la puerta de una escuela, cierra la de una prisión o *Las raíces de la educación son amargas, pero la fruta es dulce.* La niña recordó el despacho de su padre –de su padre adoptivo, puesto que al otro, al innombrable, ni siquiera lo había conocido–, que también tenía frases en la pared, aunque allí todas eran de Gandhi. Su padre le había enseñado quién fue Gandhi con tanta pasión que la niña ahora lo consideraba una especie de Dios. Como Jesucristo en su cruz, que también estaba en el cuartito de la maestra pero en el despacho de su padre no.

–Martina –dijo ella–, me gustaría que habláramos un poco.

Juntó las manos, entrelazó los dedos y los posó sobre sus labios, contemplándola. Aunque ya no sonreía, su mirada era dulce, como si acariciara a la niña en la distancia.

–Bueno –dijo la niña.

–Me gustaría que habláramos de vez en cuando, no solo hoy. Un ratito de vez en cuando. ¿Qué te parece?

¿Qué le parecía? La niña habría necesitado más tiempo para averiguarlo. ¿Cómo podía saberlo, si ni siquiera le había dicho de qué tendrían que hablar? Pero la pregunta no era una pregunta real: la niña ya había aprendido a diferenciar las verdaderas –las que se contestan para ofrecer información necesaria– de las inquisitivas, cuya respuesta el interrogador nunca se molesta en escuchar. Sin embargo, el aspecto de la maestra le daba confianza. Tenía la voz suave, los rizos suaves, los gestos suaves. Hasta la chaquetilla de lana que llevaba, abrochada con un solo botón de nácar sobre una camisa de topitos, daba la impresión de ser suave.

–Me parece bien.

Así que hablaron, no solo aquel día sino otros muchos más. La tutora –una maestra más vieja y áspera– facilitó los encuentros trazando cruces en su horario: tales días a tales horas la niña podría salir de clase para ir al cuartito de la maestra a charlar. Al lado de las cruces ponía ORI, que significaba *orientación*. La niña iba contenta, como quien va a visitar a una tía joven con la que se puede hablar de igual a igual.

Algunos compañeros miraban con envidia esos encuentros. La estima social de la niña creció, como si hubiese ganado puntos en un juego, y poco a poco fue haciendo amigos. Después de todo, era una niña amoldable y sensata.

Sin embargo, tenía sus torbellinos. Movimientos de aire inesperados que levantaban del suelo nubes de polvo inquieto, un polvo que, en teoría, tenía que estar ya más que asentado. Tierra firme, sí, casi siempre –la visión de la niña era hacia delante: un día más otro más otro, etc.–, pero a veces, también, charcos e incluso ciénagas en las que enfangarse. Y ahí la niña cerraba la boca como la que más, no se sinceraba ni siquiera con su hermana adoptiva, que casi tenía su misma edad y con la que compartía litera y secretillos. La niña aprendió pronto que, de algunos temas, era mejor no hablar. Uno de estos temas era su pasado, y dentro del pasado, su verdadera madre. Ese mismo sintagma, *verdadera madre,* resultaba hiriente para la nueva madre, porque siguiendo la lógica del antónimo era como llamarla *falsa.* La niña no sabía cómo debía nombrar una palabra –*madre*– que ahora ocupaba otra persona.

¿Qué había sido de ella? ¿Dónde estaba? ¿Verdaderamente... en el cielo? Su familia actual no creía en Dios y, por tanto, tampoco en el infierno ni en el paraíso, esas patrañas para manipular a la gente, decían, así que ¿dónde estaba su madre? ¿Cómo, de qué manera, debía pensar en ella? ¿Hacia dónde debía dirigirse y en qué tono?

Comprendía que no quisieran contarle algunas cosas porque a los niños nunca se les cuenta todo, eso lo sabe cualquiera. Pero ¿por qué le costaba tanto formular preguntas? Se le atascaba el aire en la garganta, era imposible que saliese ni una sola palabra. Cuando lo había intentado siempre terminaba preguntando otra cosa que no tenía nada que ver, lo primero que se le pasaba por la cabeza, como por qué los reptiles tienen las pupilas verticales o si es verdad que el cuerpo humano está hecho de dos tercios de agua y un tercio de carne. El efecto era extraño y le daba a ella un aire perturbado, hacía que la miraran con sospecha. Preguntar mancha, pensó una vez, y se lavó la cara y las manos con esmero, sin entender del todo qué significaba eso que sonaba tan cierto, lo de ensuciarse solo por mostrar curiosidad.

En las sesiones de ORI dio rienda suelta a su inquietud, pero lo hizo deformándola, a través de muchos desvíos, con disfraces y trucos, agrandando algunas cosas y empequeñeciendo otras.

La maestra la escuchaba con atención, sin juzgarla.

–Claro, mi niña.

Últimamente la llamaba así: mi niña. ¡Era tan dulce! Mostraba un interés auténtico al preguntarle por su nueva familia, en qué trabajaba el padre, en qué la madre, cómo se llevaba con sus hermanos, si tenían mascotas o no, qué desayunaban. Había algo que le gustaba mucho a la niña: que la maestra no se alineara con los padres por defecto, como hacen entre sí los adultos. Esa mujer estaba mucho más cerca de los niños que de los demás profesores. Cantaba con ellos, participaba en los teatros escolares, se disfrazaba de duende o de hada, hasta compraba chucherías y las repartía en el recreo. Todos la adoraban, pero no todos contaban con el privilegio de las charlas en el cuartito.

–¿Duermes bien por las noches?

–Nos mandan a acostar muy temprano.

–Ya, pero ¿tienes pesadillas?

–¿Pesadillas? Sí, sí, tengo muchas. Me persiguen dragones o brujas o se hace un *abujero* en el suelo y me caigo o me pica una tarántula o...

–Agujero.

–En el suelo.

–Que se dice agujero, digo. Agu con *gu*.

–¿Con *gu*?

–Con g, pero como lleva la u suena suave. No es *abujero* con b.

Pero la corregía con cariño, sin reprocharle su naturaleza defectuosa.

–¿Son estrictos tus padres de ahora?

–¿Estrictos? ¿Qué quiere decir estrictos?

–Si os riñen mucho.

–No, no nos riñen, pero hay cosas que no podemos hacer. No nos riñen porque no las hacemos.

–¿Cosas como qué?

–Como ver la tele. –Le dio apuro confesar que ni siquiera tenían–. O estar a solas en el cuarto. O escribir en un cuadernito con candado.

Le iba contando anécdotas. Una vez los había visitado un tío al que la niña quería mucho muchísimo. Ese tío era hermano de su nueva madre y también lo había sido de la antigua, obviamente. Era un poco desastre, como un payaso grande, con su enorme barriga y la camisa mal remetida por el pantalón, pero ella lo quería un montón.

–Claro, Martina, mi niña, no deja de ser tu familia.

El tío le había regalado una rueda de la moda.

–Un juguete para hacer dibujos con patrones –explicó la niña.

—Lo sé, lo sé. Es un juguete muy bonito. Salen dibujos preciosos.

—¿Verdad que sí? —La niña se excitó solo con el recuerdo. Luego su mirada se ensombreció—. Mis padres me hicieron descambiarla.

—¡No me digas! ¿Y eso?

—Me llevé un libro a cambio. Era porque preferían el libro.

—¡Pero era un regalo de tu tío!

La maestra meneaba la cabeza con suavidad, muy lentamente. La niña se sentía reconfortada con su comprensión. Las ramas del pino hacían tiqui tiqui en el cristal. Desde la ventana del cuartito podía imaginarse que estaba en la cabaña de un bosque salvaje, al menos si miraba desde cierto ángulo, porque si movía la cabeza ya se veían los bloques de pisos allá a los lejos, y el solar sin árboles, así que ¿para qué moverla? Mejor quedarse quieta.

Más adelante inventó algunas cosas. Cosas pequeñas, un poco locas. Al momento de decirlas se sentía incómoda, le parecía que se le iba a notar la mentira, pero no podía contenerse, le salían por pura fantasía, una tras otra. Por ejemplo, que se había encontrado en la calle una cotorrita de colores y, como no le habían dejado quedársela, la había tenido escondida en el armario unos días. O que un vecino le había dicho «¡niña adoptada, con las paletas separadas!» y que ella le había dado un bofetón y su padre le había reñido porque según Gandhi no se pega nunca, incluso aunque te peguen a ti. La maestra jamás ponía nada en duda, aunque a veces hacía algún comentario.

—La no violencia. Que es lo mismo que lo de poner la otra mejilla. ¿Sabes la historia de Jesucristo y la mejilla?

—No —decía la niña.

Y ella se la contaba.

185

La amistad entre ellas era cada vez más estrecha y prometedora. *Amistad* era la palabra que la misma maestra usaba, cogiéndole la mano.

–Somos amigas, ¿verdad?

Y lo eran, claro que sí. La maestra le llevaba regalos de vez en cuando. Unos recortables. Una pulsera de hilo. Bombones de avellana envueltos en papel celofán. La niña, a cambio, le hacía dibujos de molinos y granjas con poemas muy cursis. A ella misma no le convencían, pero a la maestra debían de gustarle mucho porque los colgaba en la pared, en lugares privilegiados, y le pedía que le hiciese más y más. Hablaban de mil cosas, ya no solo de las historias de la niña. Por ejemplo, la maestra le había contado que iba a casarse en el verano. Tenía treinta y un años, ya iba tarde, le dijo. La niña estuvo de acuerdo. ¡Treinta y un años son muchos años, incluso para una maestra como esa! Le había hablado también de su novio, que era arquitecto y tenía dos perros, un setter irlandés y un dálmata, y que tocaba la guitarra. El traje de novia era sin mangas, por el calor, pero llevaría un velo para la ceremonia. Iban a ser muy felices y a tener varios hijos. Ojalá el primero fuera una niña como ella, le decía, una niña tan guapa y tan lista. La niña, que sabía que no era guapa pero sí lista, sonreía porque la maestra sonaba sincera.

–Mi niña, hoy vas a tener una sorpresa –le anunció.

La niña se puso muy contenta. ¿Qué sería? A la hora del recreo, le dijo, tenía que presentarse en el cuartito. En cuanto sonase el timbre, directa para allá, ¡que no se le olvidase! Pero ¿cómo se le iba a olvidar? La niña no pudo pensar en otra cosa. En clase estuvo tan despistada que hasta la tutora tuvo que ponerse firme con ella. Se equivocó en las multiplicaciones y manchó el vestido de su compañera de pupitre con el tiralíneas. Estaba ansiosa, era por eso. Impaciente y también ilusionada. Dentro de tres días iba a ser su cumpleaños. Una voz imaginaria le decía que lo mismo lo mismo la maestra le había comprado otra rueda de la moda. A lo mejor no se la podía llevar a su casa, pero podía dejarla en el colegio y jugar en el recreo con las demás niñas. O quizá le había comprado otra cosa. Una cotorrita de colores, que meterían en una jaula para que viese a los gorriones al otro lado del cristal. A medida que pasaba el tiempo, crecía su impaciencia. Ya no le cabía duda de que se trataba de un regalo.

Pero cuando sonó el timbre del recreo y llegó corriendo al cuartito, oyó voces desde dentro –voces muy conocidas, familiares– y se desmoronaron todas sus ilusiones. Llamó, abrió y allí estaban sus padres sentados junto a la maestra, los tres muy sonrientes, los tres esperándola. Pero cada sonrisa era distinta. La de la madre era estrecha y suspicaz, como diciendo a ver por dónde nos sale esta ahora. La del padre estaba llena de dientes, tenía un aire hambriento. La de la maestra era una sonrisa que se hacía ella a sí misma, una risa autosuficiente, de satisfacción por el trabajo cumplido. La niña también sonrió de otra forma distinta a esas tres, con los labios temblones.

–Hola –dijo.

–Hola, Martina –dijeron ellos, perfectamente sincronizados.

Se sentó donde le indicaron. La decepción había dado paso al desconcierto; se quedó cohibida, sin saber qué decir. Y luego, de repente, algo parecido al pánico –un apretón en la barriga, a traición–, solo de pensar: ¿qué les habría contado la maestra?

Inspeccionó los rostros de sus padres, los notó calmados, y decidió: nada grave. Se referían a ella con orgullo, como si la hubiesen fabricado con sus propias manos. La niña se tranquilizó, comenzó también a embriagarse de ese orgullo. ¡Sacaba tan buenas notas! ¡Era tan obediente! ¡Tan lista! La maestra les recomendaba que la apuntaran a esto o aquello, unas clases de inglés, un campamento de boy scouts, talleres de macramé y más cosas que a la niña le sonaban a chino, y los padres asentían, claro, claro, hasta que ella notó algo así como un tonillo de fondo, un descreimiento. Y le llegó el segundo retortijón, lleno de muchas dudas.

–Es una niña muy imaginativa, tiene un potencial creativo tremendo.

–Ya lo sabemos –dijo la madre. Y sonó a acusación: embustera, lianta, eso es lo que es en verdad.

–No permitan que se duerma en los laureles, aprovechen este regalo de Dios.

La niña pensó: ay, ahora Padre dirá que Dios es un engañabobos al servicio del poder y que los curas son unos cantamañanas. Pero no dijo nada de eso. Lo que dijo fue:

–Tendremos en cuenta todos sus consejos en la medida en que vienen de usted.

O algo parecido, que era –la niña se dio cuenta– como no decir nada o como decirlo todo, pero con indirectas.

–Estupendo, pero no me hablen de usted –rió la maestra, ruborizándose por su juventud.

El padre achicó la mirada al devolverle la sonrisa. Tenía los brazos cruzados sobre el pecho, las piernas también cruzadas, el zapato que quedaba en el aire apuntando hacia arriba, en tensión. Sentado en su silla escolar parecía más bajo, hasta un poco ridículo, mientras que a la madre se la veía gorda, sobresaliente por los lados y sofocada con su vestido de cuello alto. Fuera se levantó una racha de viento y las ramas del pino golpearon en el cristal, el mismo tiqui tiqui de siempre pero ahora diferente, como con segundas. La niña agachó la cabeza.

Se pusieron de pie, se dieron la mano con energía, incluso las mujeres entre ellas, profesionalmente. La niña miró a la maestra despedirse, le parecía ahora otra mujer, igual que el cuartito era ahora otro lugar y el sonido de las ramas había dejado ya de ser música.

—Martina, mi niña, ¿acompañas a tus padres a la salida?

—Sí —dijo ella.

¿Qué iba a decir? Se fue andando tras ellos, cabizbaja, como si fuese a ella a quien estuvieran guiando hacia la salida y no al revés. Los padres estaban ahora muy callados, caminando muy rígidos. Cruzaron el patio de recreo sin mirar a los lados, como si los demás niños no existieran, y tampoco la comba, ni el fútbol, ni nada. Con su ropa elegante y anticuada parecían recortados de otro lado y pegados allí sin mucha maña. La niña los observó de reojo como quien sondea la temperatura a ver qué tal. Esperó que le dijeran:

—Entonces le contaste lo de la rueda de la moda.

O:

—¿Y qué es eso de la cotorra? ¡Menudo embuste!

O:

—Así que echas de menos la tele, los concursos, las telenovelas... —Esto último con tono desencantado, irónico.

Pero no decían nada. Solo, llegando a la cancela, se dijeron el uno al otro, para que ella lo oyera:

—Hemos hecho muy bien viniendo.

—Y que lo digas. Ha sido muy revelador.

La niña trató de descifrar estas palabras, como si estuviesen hablando en otro idioma que había que traducir. Le llegó solo un eco muy lejano, entrecortado y confuso. No era una niña tan lista como se creía. Quizá sí que era mentirosa y exagerada. O quizá algo más grave. Ellos llevaban el brillo de la decepción en los ojos, húmedos y destellantes al despedirse.

–Hasta luego, Martinita. –Y el diminutivo tenía un toque amargo.

La niña supo entonces que había cometido el más reprochable de los pecados: el de la traición. Ellos le habían ofrecido su amor, su casa, su vida entera, y la niña lo pagaba así: poniéndoles verdes a sus espaldas. Se miró los zapatos mientras les decía adiós. Los zapatos azules, de piel y con hebillas, de niña buena. Los tenía sucios de albero, verdaderamente hechos un asco por trotar sin cuidado. Se limpió el uno contra el otro, frotando el dorso, pero los dejó mucho peor de lo que estaban.

BUENAS PERSONAS

Unas azafatas muy atentas están repartiendo vales para la cena canjeables en cualquiera de los restaurantes del aeropuerto, o al menos eso dicen con sus sonrisas rígidas, aunque a la hora de la verdad solo los aceptan en algunos, no en todos, como Martina tiene pronto ocasión de comprobar. Tampoco los vales corresponden a un importe para usar libremente, según el gusto o el capricho de cada cual, sino que hay que ceñirse a unos menús predeterminados, que no son los que Martina elegiría. Aun así, estudia la carta un buen rato, al igual que el resto de viajeros, y trata de ajustarse a las normas del vale, como si el hecho de ahorrarse el dinero de la cena fuera central, cuando lo central es que no llegará a su casa a la hora prevista, sino mucho, muchísimo más tarde. Nadie sabe cuándo se reanudarán los vuelos, nadie de la aerolínea se compromete a darles información concreta, lo único que les han asegurado es que, llegado el caso, entregarán nuevos vales para el desayuno.

¡Una noche completa en el aeropuerto! Martina se resigna con una cansada indiferencia. Elige un sándwich vegetal y pide que le quiten el pepino.

—Si va sin pepino, tendrá que abonarlo —dice la camarera tecleando en la pantalla de pedidos.

–Abonar qué, ¿el sándwich?

–Sí, claro, qué va a ser. El sándwich que entra en las condiciones del vale es este, ¿ve? –Apunta a una foto de la carta–. Lechuga, huevo duro, tomate, pepino, golpe de mayonesa. Si se cambia algún ingrediente, no entra.

–¡Pero si no he cambiado ningún ingrediente! Lo único que quiero es que le quite el pepino.

–Entonces ya es un sándwich diferente. Sin pepino es otro sándwich. La máquina no me permite canjearlo por el vale, ¿comprende?

–¿La máquina no le permite canjearlo? –A Martina le da la risa nerviosa–. Eso es absurdo, vamos, no me diga que no es absurdo.

Tras Martina, una larga fila de pasajeros espera con hastío. Ojerosos, cansados, bien vestidos pero a la vez al borde del desaliño. Mosqueados. Levemente violentos. La camarera resopla, le lanza una mirada de odio al tiempo que eleva las comisuras de los labios en lo que pretende ser un último gesto de cortesía comercial. Tiene el pelo teñido de rubio –chamuscado–, la piel irritada, una gorra roja y blanca a juego con el delantal y con toda la imagen corporativa del establecimiento. Quizá sin el teñido, sin la gorra y el delantal, sin las marcas del estrés en la piel, es decir, quizá en otra vida, habría sido una mujer guapa, incluso muy guapa.

–¿Con pepino o sin pepino? –repite.

–Pero ¿de verdad si le quita el pepino me lo va a cobrar?

–Son las normas.

A Martina se le agota la paciencia.

–Bueno, pues con pepino, qué más da.

Sorteando pasajeros, busca una mesa lo más lejos posible de la barra, se desabrocha el abrigo, coloca a un lado la maleta de ruedas, desmonta el sándwich, desecha el pepino –la única rodaja que hay, diminuta y posiblemente insulsa–, lo vuelve a montar, se limpia los dedos con una servilleta, saca su libro. Cuando va a dar el primer bocado detecta con el rabillo del ojo un movimiento. A continuación, el color de una chaqueta, una estridente voz masculina, una pregunta.

—¿Le importa si me siento?

Sí, le importa, pero sacude la cabeza, mira al hombre que se inclina con su bandeja de plástico y un portadocumentos cruzado al pecho, la expresión obsequiosa y el traje color topo arrugado de arriba abajo. Despeja un lado de la mesa para que se instale.

—Está todo muy lleno —dice él a modo de excusa.

No es verdad. Está lleno, incluso bastante lleno, pero no *muy* lleno. Si quiere una mesa, bueno, es cierto que hay que compartir, pero bien podría sentarse en uno de los taburetes altos. Es lo que habría hecho ella en su lugar.

—No se preocupe —dice, y vuelve a su sándwich y su libro.

Él suelta una risilla cómplice.

—He escuchado el incidente del pepino —dice—. Sí que es ridículo. A mí no me dejaban pedir cerveza *sin* porque con el vale solo se puede *con*. Un exalcohólico caería de nuevo en la ruina solo por el asunto del vale.

Es un hombre de unos cincuenta años, grandullón, con los mechones de pelo pegados a la frente. La nariz es gruesa, los labios gruesos, las cejas gruesas, los dedos gruesos —agarran todavía la bandeja, tontamente—, todo en él es grueso y sin gracia, aunque tiene unos simpáticos ojillos achinados que le dan una agradable expresión, eso es innegable. Parece un comercial de medio pelo o el típico empleado al que encasquetan el viaje que nadie más quiere hacer. Martina le sonríe con tirantez, asiente para no ser descortés y finge regresar a la lectura.

—Aunque también es verdad que en estos sitios los sándwiches están ya preparados de antemano, vienen envueltos en ese film transparente que no hay quien les quite sin pringarse los dedos de salsa, yo al menos soy incapaz. Y que lo que a nosotros nos parece una tontería, como sacar una rodaja de pepino, a los empleados les supone un tiempo precioso. Esta pobre gente vive así, contando los minutos para mejorar la productividad.

Martina baja el libro, lo inspecciona de nuevo, esta vez con mayor interés. ¿Le está enmendando la plana? Recapacita al respecto.

–Tiene toda la razón –dice al cabo de unos segundos, pero lo dice con tal seriedad que da la impresión de estar más molesta de lo que está.

–Bueno, no trataba de quitarle la razón. Ahora pensará que soy un entrometido por sentarme aquí y meterme donde no me llaman.

–No, qué va.

El hombre suelta al fin la bandeja. Hay unos espaguetis en un recipiente de plástico, cubiertos también de plástico, un bizcochito de chocolate y naranja y la cerveza *con,* es decir, el menú n.º 5 de entre los admitidos por el vale. Lo coloca todo ordenadamente en su mitad de la mesa, se frota las manos, la mira de frente y habla de nuevo.

–En realidad, me he sentado aquí por otro motivo.

Se produce un silencio. Él levanta una ceja, como para dar el golpe de efecto antes de confesar.

–La he reconocido. Del hospital.

–Ah, vaya.

Martina no sabe qué decir. ¿Debería ella reconocerlo también? Se esfuerza unos segundos sin éxito.

–Usted estaba en el hospital con su madre. La vi allí un montón de veces por los pasillos. No se fijaría en mí, claro. Yo acompañaba a mi hermana.

194

Martina cierra el libro y le pregunta qué le ocurre a su hermana, aunque es de esperar que nada bueno, dado que, si es cierto que ese hombre la conoce del hospital, ha tenido que verla en el área de oncología. Cáncer de mama, responde él, aunque por suerte ya le dieron el alta. Martina teme que él le pregunte ahora por su madre, pero no lo hace, le basta con sonreír y atacar los espaguetis con ganas. Martina vuelve a lo suyo. Hay algo impúdico en comer tan cerca de un desconocido, pero le parece que debe ser amable con ese hombre porque él, a su modo, ha tratado de serlo con ella.

El motivo del retraso está a miles de kilómetros de allí y, por mucho que Martina lo intente, no termina de entenderlo. Un volcán que ella no podría ni ubicar en el mapa erupcionó el día antes liberando una densa nube de cenizas. Hasta ahí, más o menos normal. Lo curioso es que esa nube, que no era tan grande ni mucho menos, debía haberse disuelto allí mismo, en unas pocas horas. Sin embargo, lo que hizo, terca como una mula, fue ponerse a recorrer mundo y sin razón alguna se dirigió hacia ese punto del planeta, justo hacia ese punto y no a cualquier otro de los muchos posibles. Luego, como si estuviera agotada tras el largo viaje, se paró a descansar y ahí sigue, contumaz. Ni meteorólogos ni climatólogos se explican muy bien el fenómeno, tan arbitrario y dañino. Al parecer, la nube no solo impide la visibilidad en el aire. También supone una amenaza para los motores de los aviones, que podrían atascarse con sus finísimas partículas de roca, cristal y arena. Por eso, hasta que se disipe, tres aeropuertos del país se han visto obligados a cancelar todos los vuelos, pero solo esos tres aeropuertos y solo en ese país, mientras el resto del mundo opera con normalidad. Como tocados por un azar traicionero, montones de pasajeros se han quedado varados entre un vuelo y otro, como le ha ocurrido a ella y también a su compañero de mesa, aunque su destino final, según le ha contado, sea diferente.

A través del ventanal que da a las pistas de salida, los dos miran caer la noche sobre esa otra noche previa de color gris compacto: los aviones, los hangares, las plataformas de acceso, los autobuses, todos esos vehículos y maquinarias que siempre están transportando bultos y equipajes y que ahora no transportan nada y permanecen al acecho, frustrados y expectantes. Las luces de señalización brillan débilmente entre esa niebla que no es niebla sino algo más parecido a una humareda apocalíptica –ella, Martina, se ha resistido a usar el adjetivo que todos usan, *apocalíptico,* aunque a regañadientes reconozca que le va al pelo–. En las noticias ha visto a personas por la calle cubiertas de ceniza. Una mujer muestra cómo se le han quedado tiznadas las sábanas en el tendedero de su azotea. Grupos de niños dibujan en el capó de los coches caritas sonrientes –probablemente, piensa Martina, dibujan algo más que caritas–. Como se da por seguro que la nube tardará aún algunas horas en desaparecer, muchos pasajeros han exigido, sin éxito, el alojamiento en hoteles cercanos y hay incluso quienes dicen, asustados, que, aunque se reanuden los vuelos por la mañana, con ellos que no cuenten. Las aerolíneas no descartan que el viento haga algún milagro y la nube se marche antes de lo esperado, por lo que recomiendan paciencia y permanecer alerta a los paneles. Con sus maletas de ruedas, contrariados, los viajeros caminan aburridos, taciturnos, entrando y saliendo de las tiendas, reclamando información a cada rato, inútilmente.

Mirando la nube Martina siente un agotamiento placentero, como cuando se ha estado corriendo todo el día y

196

al fin se para. El hombre al lado, que ya ha terminado de cenar y recoge su bandeja con parsimonia, parece ajeno a la impaciencia y la irritabilidad que se respira por todos lados. Martina le pregunta la edad de su hermana, la del cáncer.

–Cuarenta y uno –contesta sacudiéndose las migas del bizcocho.

Más joven que yo, piensa ella. Sin más explicaciones, el hombre saca un gotero del portadocumentos y se echa un par de gotas en cada oído. Parpadeando, se da varios golpecitos con el puño, como para que el líquido entre hasta el fondo, en uno y otro. Con sus ojillos achinados y de color indescifrable, mira alrededor como si se hubiera desorientado. Martina piensa que va a hablarle de su problema de oídos, o del cáncer de su hermana, pero lo que hace es sacudir la cabeza y sonreír enigmáticamente.

–¿Le apetece un café?

Por qué no, dice ella, y él se ofrece a buscarlo. Martina lo ve alejándose en dirección a la barra, con su espalda ancha y encorvada, los zapatones grandes, polvorientos, y las manos enormes. Sus andares lentos le recuerdan a los de un oso. No un oso real, sino uno de dibujos animados. Bubu de mayor, piensa sin malicia.

Cuando vuelve a la mesa, junto con el café, Bubu le da el pésame. Le cuenta que se enteró de la muerte de su madre el mismo día del deceso –del *desezo,* dice–, que es una verdadera pena y que lo lamenta mucho. Después de todos esos días en el hospital, dice, de tantas horas haciendo tiempo en los pasillos y en la sala de espera, ha llegado a conocer el destino de media planta de oncología.

–No era mi madre. Era mi tía.

¿Por qué hace el matiz? ¿Qué le importa a ella aclararle esa cuestión a un desconocido? Bubu, desconcertado, balbucea incómodo.

–Ah, pensé... Su padre me dijo...

–Tampoco él es mi padre.

Le explica que de niña, y también de adolescente, vivió en casa de sus tíos. De alguna manera, extraoficialmente, la adoptaron porque ella era huérfana, así que los estuvo llamando mamá y papá durante años, aunque luego, con el tiempo, dejó de hacerlo sin que hubiese mediado ningún enfado ni nada parecido, simplemente no era natural, no eran sus padres.

Bubu coge la taza, derrama un poco de café.

–Bueno, igual eran buenas personas, me pareció.

Eran buenas personas, ¿no? Es lo que suele pensarse de quienes llegan a cierta edad, y más si están enfermos y llenos de incertidumbre, como era el caso... No hacía ni veinticuatro horas que habían estado tirando las cenizas de la tía Laura al mar, unas cenizas muy diferentes de las que flotaban ahora sobre sus cabezas. Cualquiera que los viese desde fuera habría pensado bien de ellos: buenas personas despidiéndose de un ser querido, ¿no era así? Pero ¿por qué el mar? Sus tíos nunca iban a la playa, no existía ningún vínculo afectivo con aquel lugar y, de hecho, a la tía Laura la arena la ponía de los nervios, colándose siempre por todos lados, incluso por aquellas partes del cuerpo que no podían nombrarse en voz alta. Sin embargo, allí estuvieron ellos, en esa playa de guijarros oscuros, fuera de temporada, entre chiringuitos cerrados, golpeados por el viento, y los altos bloques de apartamentos que se erguían desafiantes a sus espaldas. No era, ni de lejos, la playa más bonita del mundo. Era solo la que les pillaba más cerca.

Hacía años que Martina no se metía en las decisiones de la familia. Ni siquiera decía su opinión. Protestar. Quejarse. Durante mucho tiempo no se consideró con el derecho de hacerlo. Ella se sabía una intrusa: la hermana adoptada, la que se fue a vivir al extranjero en cuanto pudo, la que renegó –por segunda vez– de su origen. Los otros no la consultaban. Como familia tenían sus atribuciones bien claras y, cuando los tíos envejecieron, fue el hijo menor el que tomó las riendas. No por desconsideración. Tampoco por deseo de mandar o de imponerse. Solo por un marcado sentido práctico: el mayor era un indeciso, un tontorrón, y la mediana estaba siempre metida en problemas. Aquí, Aquilino, el hijo listo, el resolutivo, los defendía de todo lo que rozara el sentimentalismo. Contra lo esperado, escoger el mar para esparcir las cenizas de su madre había sido la decisión menos sentimental de todas. Era un tópico, el resultado de no pensar, o de pensar desde el otro lado de la barrera, con asepsia.

El recuerdo de las palabras de la tía Laura una tarde en la que Martina y ella cortaban verduras en la cocina se había transformado ahora en un pesado fardo. El momento regresó a su mente en el hospital, una y otra vez, mientras la tía se iba muriendo poco a poco. Quiso preguntarle, pero no halló palabras. A mí que me entierren y me coman los gusanos, había dicho sin venir a cuento. Y también: nada de quemarme, nada de urna y cenizas, qué espanto, yo bajo tierra, con una cruz y una corona de flores, como Dios manda. Martina estaba segura de haberlo escuchado bien, recordaba uno a uno todos los detalles. Le impactó la crudeza con la que despachó el asunto, con el mismo tono de voz con el que la apremiaba porque los pimientos no estaban lo suficientemente picados. Trozos más pequeños, más pequeños, decía, y nunca eran lo bastante pequeños para su gusto.

¿Cómo podía confirmar aquel deseo? ¿Preguntándole

directamente? Complicado. Martina observaba su rostro hundido en la almohada. Las arrugas le consumían las mejillas, apenas le quedaba ya pelo, solo un penacho como un plumón de polluelo, ella, su tía, que tuvo aquella melena tan rubia, tan plateada después, y tan hermosa. Dentro de aquella cabeza crecía un tumor que la estaba matando. ¿Era ella consciente? ¿Hasta dónde sabía? ¿Cuánto les estaba permitido a ellos, los familiares, revelar? Más que rabia o dolor, en su mirada latía el desconcierto. A veces, también, mostraba un inesperado sentido del humor, un travieso destello de burla, de mala leche, como si hubiese entendido que, dado el poco tiempo que le quedaba, era mejor hablar sin pelos en la lengua, cayese quien cayese. El tío achacaba ciertos comentarios —el lenguaje obsceno, el ajuste de cuentas, las risas imprevistas— a ese estado de demencia, y sacaba a las visitas fuera de la habitación, meneando la cabeza con pesar. Pero Martina no estaba tan convencida. A pesar de todas las señales de la decadencia, su tía destilaba placidez. Los ojos febriles estaban rebosantes de vida, aunque de una vida distinta, a la contra y audaz. ¿Se iba a morir? ¿Sí? Bueno, pues adelante, parecía decir, aquí estoy sin miedo, ya he vivido bastante. Una noche, mientras dormía, Martina sacó el móvil para fotografiar con discreción ese rostro tan puro, tan rotundo, que quería conservar para siempre. Pero la cámara fue incapaz de captarlo. Lo que vio en la pantalla era solo la cara de una mujer enferma. Lo que veían sus ojos era completamente distinto. Borró la foto.

Los hechos se precipitaron muy rápido. A pesar de que se sabía el desenlace, Martina apenas tuvo tiempo de reaccionar. Aqui se encargó de todo, habló con la funeraria, acordó la incineración, hizo los trámites burocráticos que había que hacer, engorrosos y feos. Ella no encontró argumentos para protestar. Cuando se atrevió a contar la conversación en la cocina, le dijeron que estaba equivocada. ¿Cuándo había sido aquello? Muchos años atrás, seguro, tantos que su memoria fallaba. Que no se preocupara, dijo Aqui: los deseos de su madre eran otros, y se cumplirían escrupulosamente.

El tío se abstuvo de intervenir en el debate. En los últimos tiempos apenas hablaba, nunca discutía. Era una sombra de lo que había sido, como si se hubiera cansado de actuar o se hubiera quedado sin público. Merodeaba fuera de la habitación con los brazos cruzados tras la espalda, vuelta y vuelta por el pasillo, tratando de mantener la dignidad. A través del cristal esmerilado, Martina lo veía como a un niño frágil e inofensivo, vulnerable, nervioso, limpiándose los mocos con la manga. En la playa, vestido para la ocasión, aguantó las lágrimas como el que más. El salitre se les metía en la nariz, picaba en los ojos, pero nadie lloró, no era de recibo mostrar debilidad en aquel momento, quebrarse, no era el tipo de reacciones propias de esa familia. Justo al acabar, el sol tocó la línea del mar, achatándose, y de la arena se levantó un aire frío, como si se cerrara el telón. No hubo palabras, ni abrazos, ni manifestaciones de emoción. Pero cuando volvían al coche, al pasar frente a una heladería sin clientes, ante el reclamo colorido de los sabores –avellana, turrón, stracciatella, leche merengada, tutti frutti–, el tío comentó para sí: todo lo que le gustaban los helados, a mi pobre Laura, y yo no le dejaba comérselos...

Bubu le cuenta que se dedica a la compraventa de coches antiguos, pero antiguos de verdad. También los alquila para ferias y exposiciones y para uso particular, están muy de moda, dice, ahora todos los niños de papá los llevan a las bodas y a las fiestas de graduación y hasta a las baby-showers, y algunos se los cargan con la borrachera de después, hijos de puta. Aunque es una pequeña empresa familiar, se ve obligado a viajar al extranjero al menos un par de veces al año, como ahora, para rastrear modelos y cerrar tratos. Habla un buen rato de los coches más demandados, de sus precios y especificaciones, mientras estruja una servilleta de papel, se frota los oídos y hace los más variados gestos con las cejas. Luego se aclara la garganta y pregunta:

–Y usted, ¿a qué se dedica?

A Martina le da una pereza terrible contestar.

–¿Y si nos tuteamos?

–Vale. –Bubu se toquetea el oído izquierdo nerviosamente–. Entonces, ¿a qué te dedicas?

–Estoy de año sabático.

–¿Y eso?

–Bah, larga historia. Necesito tiempo para investigar.

–¿Investigar sobre qué?

¿Merece la pena explicárselo? ¿Sabe un tipo como Bubu qué es una hemeroteca o cómo funciona un archivo histórico? Martina arruga el vaso de café y mira otra vez la nube de cenizas, que en apariencia no se ha movido ni un solo milímetro. En la circunvalación de la autopista brillan las luces de los coches, de dos en dos, diminutas y pálidas, como escarchadas. También dan la impresión de estar inmóviles.

–Sobre datos que a nadie le interesan. Cosas pequeñas. Al ponerlas juntas quizá tomen sentido. O quizá no. Eso es justo lo que estoy tratando de averiguar. Pero hace falta tiempo para eso, no se puede ir corriendo.

–De ahí lo del año sabático. –Bubu entrecierra los ojos.

–Exacto.

Ninguno menciona nada sobre parejas, matrimonios, vida privada. Ella ve la alianza que él lleva en el dedo anular, como embutida a presión. Parece antigua, gastada, está claro que no se la ha quitado nunca. ¿Hijos? Tampoco hablan de eso.

Acabado el café, Martina anuncia que se va a estirar las piernas. Como un niño que pide permiso a un adulto, entornando los ojos e incluso ladeando un poco la cabeza, Bubu le pregunta si puede acompañarla. Ella no sabe decir no. Quizá le venga bien un poco de charla, piensa a continuación, consolándose.

Caminan despacito, dando vueltas de una terminal a otra con sus maletas de ruedas. La de él, con las etiquetas de vuelos anteriores todavía pegadas en el asa, es vieja y chirría. Bubu la maneja con torpeza, tropezándose con todos los escalones, las barras y balizas, los asientos y los soportes publicitarios. Se detienen para coger aire ante un KFC. Una pareja está sentada al lado, con su hijo pequeño. El niño, de unos cinco o seis años, señala hacia el ventanal con aire interrogante mientras los padres le explican que Dios se ha enfadado con él por portarse mal y que, hasta que no se acabe la comida, el cielo va a seguir así de oscuro. Desolado, el niño coge un trozo de pollo, lo mordisquea sin ganas. Bubu se vuelve hacia Martina, pregunta bruscamente:

–¿Cuándo te dijeron que eras adoptada?

–Ah, lo supe desde siempre. Ya era mayorcita como para saberlo. Viví con mi abuela hasta los once años, no es poca cosa. Y luego con mis tíos. Nadie me ocultó nunca mi origen.

–Muy bien, muy bien –aprueba.

Se echa de nuevo gotas en los oídos. Martina empieza a pensar que es un tic para distraer la atención cuando se siente incómodo. Quizá por el mismo motivo, se acerca al ventanal a mirar la nube, pone una mano encima del cristal y deja la señal pringosa de sus dedos. Martina lo observa. Una situación que no hubiese tolerado en otro momento –pasear con un extraño, un pesado, un *plasta*–, una situación tan embarazosa, tan irritante en el fondo, resulta ahora aceptable. Quizá la culpa es de la nube de cenizas, que la está trastornando. O quizá es el lugar de donde viene. El hospital, la familia, el precario equilibrio de las cosas, tan mudable.

–¿Y si cenamos algo más? –propone–. Yo tengo hambre otra vez.

–¡Y yo! –aplaude él con entusiasmo.

Buscan el lugar más tranquilo posible y miran los menús expuestos en los atriles, ya sin las restricciones de los vales. Acaban compartiendo una pizza. Bubu devora su mitad en un santiamén, en completo silencio. Tiene cara de estar pensando en otra cosa o, más bien, de estar planificando lo que va a decir a continuación. Al acabar suspira largamente. Luego, nueva sesión de gotas en los oídos y confesión, con los codos clavados en la mesa.

–Últimamente no me va nada bien.

Entrelaza las manos cubriéndose la frente.

–¿Y eso? ¿Estás en medio de otra nube de cenizas? –bromea Martina.

–Sí, algo así. Estoy metido en un juicio. Una demanda por... Ay, no sé si contártelo, hasta me da vergüenza.

–¿Vergüenza por qué? Por mí no hay problema.

–¡Es que es todo tan feo! ¡Tan injusto! Mi socio, bueno, mi exsocio me acusa de... dice que... robé... que me quedé con beneficios que no eran míos. Me ha denunciado por estafa.

–Vaya.

–¿Tengo yo pinta de estafador?

–No, la verdad. No sé qué pinta tiene un estafador, pero tú no la tienes.

204

En realidad, piensa, un estafador tendría un aspecto más inteligente, menos indefenso. Más hábil. Bubu no podría estafar ni a una mosca.

—¿Y por qué lo hace?

—¿Quién? ¿Mi exsocio? ¿Que por qué me denuncia?

—Sí.

—Supongo que por dinero. O porque me odia. Sin motivo. Me odia sin motivo, quiero decir. Si hubiera un motivo..., ¡pero no lo hay!

—¿Y cuál es la situación ahora?

—Ya te lo he dicho antes. Mala. Es una mala situación. Jodida. Porque ya todo el mundo me mira mal, los clientes no se fían y el banco me ha denegado un préstamo. Y para colmo mi exsocio es mi hermano. Mi propio hermano, ¿sabes? Así que tengo a toda la familia en mi contra. Hasta mi hermana, la del hospital... Bueno, no me dejaba entrar en la habitación a verla, ¿entiendes? Me pasé todo el tiempo en el pasillo, días y días, mendigando para ser recibido por su majestad.

Qué sorpresa, piensa Martina. ¿Y si Bubu no es el osito de dibujos animados que había creído? Según este viraje de la historia, su estancia en el hospital escondía otros motivos. Es posible que Bubu no sea solo un hombre de cincuenta años y cien kilos de peso. No un experto en compraventa y alquiler de coches antiguos que viaja al extranjero a hacer negocios. No un señor vestido con un traje arrugado de color topo que padece otitis nerviosa. ¿Quién es, entonces? Lo ve gemir, retorcerse las manos. Perder los papeles en cierto modo, porque ¿para qué le cuenta a ella esas intimidades?

—Tu padre..., esto..., tu tío, me estuvo asesorando.

Martina tuerce el gesto. Él, todavía con la mirada baja y las manos en la frente, no nota su transformación.

–¿Te asesoró, dices?

–Bueno, me dio unas indicaciones, unas pautas. Por un lado, me quitó el miedo. Pero por otro me dejó muy descolocado, porque lo que él me recomendó que hiciera es justo lo contrario de lo que me aconseja mi abogado.

–Ya.

–Cada abogado es un mundo, ¿no? Yo ya he hablado con varios. Cada uno te dice una cosa. Lo que quieres oír o lo que no quieres oír pero necesitas evitar a toda costa. Anticipan de qué va la película y, si no aciertan, culpan al abogado contrario. Unos te hacen ser más prudente de la cuenta y otros te piden que saltes al vacío. Uno dice A y otro Z, uno blanco y otro negro, uno... –vacila– pim y otro pum. Quizá solo te dice la verdad quien no te cobra, pero claro, entonces no es tu abogado. Así que me fío bastante de lo que me dijo tu pa... tu tío. Es más, casi seguro seguiré sus consejos.

Continúa hablando y hablando sobre el juicio, detalles y más detalles, contradicciones entremezcladas con asuntos de dinero, pequeñas mezquindades familiares y rencores, chismes desprovistos de credibilidad quizá por el modo en que los expone, titubeante, como renqueando. Hay un momento en que ella deja de oírlo, al igual que dejó de oír los avisos de megafonía hace horas. Se fija en los viajeros que van de un lado a otro comiendo snacks sin despegar la vista del teléfono, con las pesadas bolsas de los *duty free* a cuestas. Muchos se quedan dormidos en cualquier sitio, con la boca abierta y los pies en alto. A ella también le gustaría descansar, pero ¿cómo interrumpirlo? Para no herir sus sentimientos, finge que tiene que atender una llamada, se aleja un rato. Al regresar, él le dice que le gusta mucho hablar con ella. Que casi considera una suerte la tormenta, el azar que los ha juntado esa noche, ¿ella no?

–Sí, claro, en parte... Pero ahora deberíamos dormir un poco, ¿no te parece?

Martina se tumba en tres asientos libres, con la cabeza apoyada sobre el bolso y el abrigo extendido a modo de manta. Bubu se recuesta un poco más allá, en la fila de enfrente, repantigado en un solo asiento, con los largos brazos cruzados sobre la barriga. Le sonríe levantando una mano en señal de gratitud, como si ella hubiese hecho algo especial por él. Martina siente compasión, pero no una compasión limpia, sino contaminada por la irritación.

Cuando despierta, el tono grisáceo del cielo ha cambiado hacia un rojo azafrán que se extiende en hilachas. Lo primero que hace, todavía adormilada, es leer las noticias en el móvil; al parecer, la nube de cenizas ya se está evaporando, es solo cuestión de unas horas que desaparezca del todo. Manda varios mensajes, revisa el correo electrónico, se despereza. Bubu, con los ojos tapados por una visera de la Asociación de Afectados por Cáncer de Pulmón, resopla en sueños. Sigilosamente, Martina se levanta, se acerca al cristal, mira el amanecer. En mitad de una oscura pradera distingue un par de cuervos, enormes y ajetreados, que picotean el suelo con afán. Algunos vehículos cruzan ya las pistas preparándose para el nuevo día. Mirando de reojo a Bubu, con la sensación de estar traicionándolo, se escabulle y recoge su vale para el desayuno. Gracias al café se espabila un poco. Le duele la cabeza como si tuviera resaca.

En el aseo, se lava la cara y se cepilla los dientes. El foco de luz blanca del lavabo da a su piel un aspecto poco favorecedor, como de piel de pollo maltratado en una granja industrial. Piensa: quizá no es la luz, quizá es que soy así, pero no es un pensamiento molesto sino resignado. Al salir, inesperadamente, se topa con Bubu en la puerta. Tal vez la vio entrar y la estaba esperando como si fuera algo suyo: su mujer, su novia, su amiga o su hermana, algo que le pertenece. Sonríe con alegría, todavía con la visera que debió de coger del hospital. Ya se ha programado su vuelo, anuncia. El de ella, no el suyo, pero algo es algo.

—No es que quiera que te vayas —se apresura a aclarar—. Pero tienes que descansar, bastante paliza te has pegado.

Aún queda una hora para el embarque. Martina preferiría quedarse sola —no es de buen despertar—, pero hacen tiempo juntos, paseando por la zona de tiendas, entre escaparates y maniquíes con pinta de estar más vivos que ellos. Martina pega la nariz al cristal de una boutique de lujo para mirar un kimono de seda azul y rosa con un intrincado estampado de plantas de papiro y aves del paraíso. Es escandalosamente caro. Indecentemente caro. Y sin embargo no puede dejar de mirarlo.

—¿A qué hora abre la tienda? —pregunta.

Bubu consulta un discreto cartelito que hay junto a la puerta.

—Pone que a las diez.

—Lástima, no me da tiempo.

Bubu vacila. Ella lo ve vacilar. No ha querido ponerle en una trampa y sin embargo ahí está, con sus brazos colgantes de oso y las manos con las palmas hacia atrás, la mirada clavada en el kimono y una expresión como a punto de dar el salto. Ella podría rescatarlo, podría poner las cartas sobre la mesa, pero se limita a esperar con disimulo. Y él lo da. El salto.

—Lo compro y te lo mando.

—No, no —dice ella—. ¡No puedo permitírmelo!

—No me has entendido.

Se vuelve radiante, iluminado, ridículo con su visera de plástico y, aun así, decidido, digno.

–No me has entendido –repite–. Lo compro y te lo mando de regalo.

Martina suelta una carcajada.

–¿Qué dices? ¡No!

En su rechazo, en su risa, hay también un insulto imprevisto, como si dijera: no, no de ti, quizá de otra persona sí, pero ¿de ti, Bubu? ¡De ti no! Ella nota el impacto del rechazo en la expresión de Bubu, que se apaga de repente, como un globo desinflándose. Trata de explicarse y es casi peor, porque su explicación entra a derribo. Ese kimono tan caro y tan sofisticado, dice, no lo miraba para ella, sino para su mujer. Si su vuelo saliera más tarde habría tenido la tentación de llevárselo, pero gracias a que la nube de cenizas ya se ha evaporado y que a la hora en que abra la tienda estará sobrevolando el océano, se ha salvado de gastarse un dineral. No es algo que haga con frecuencia, dice, regalos de ese precio, y ni siquiera regalos baratos, no es nada detallista, pero la ocasión es especial porque han pasado muchos días separadas, días dolorosos y tristes, y la ha echado de menos. Dice todo esto del tirón, sin coger aliento, mirando todavía el kimono, mientras Bubu, paralelo a ella, rígido como un poste, procesa todo ese montón de datos nuevos.

–¿Por qué no me lo dijiste antes?

–¿El qué?

–Que eres lesbiana, ¿por qué lo sueltas ahora, al final, y no lo dijiste antes?

Es un cambio de guión, una reacción que Martina no había previsto. La voz de Bubu, eléctrica y firme, esperando respuesta. Sin exigencia pero con apremio. ¿Debería enfadarse? Se conforma con sondear en él, con mucho tacto.

–¿Por qué tenía que hacerlo?

–Porque yo te he contado mis problemas.

–Oh, ser lesbiana no es ningún problema.

Él resopla, rebusca en los bolsillos –¿las gotas?

–Tenías que habérmelo dicho. Llevo toda la noche detrás de ti, intentando ser agradable y gustarte. Te vi en el hospital hace días y luego aquí y pensé que no podía ser una casualidad, que tenía que significar algo. ¡Y tú me propusiste tomar pizza juntos y fuiste tan amable y todo eso! ¡Con lo fácil que hubiera sido hacerme ver desde el primer momento que no era posible!

No hay reproche en su voz, solo amargura, desconcierto, tristeza. El labio inferior le tiembla un poco, como a los niños a punto de llorar. Se toca los oídos.

–No era posible fuese o no yo lesbiana, por Dios –dice ella.

Y luego:

–No sé de qué me estás hablando.

¿Y su alianza?, querría preguntarle. ¿Acaso él es sincero? ¿Y qué es toda esa historia de la estafa? ¿No será cierto que, a pesar de su aspecto, contra toda intuición, sí es un estafador? Le sobreviene un ramalazo de ira, pero lo deja pasar, se controla, sabe cómo hacerlo. Con suavidad, le dice que es una pena acabar así la noche –¿la noche?, ¡ya es de día!, piensa–, que ha sido estupendo conocerlo y que lamenta el malentendido. Ahora, añade sonriendo, se tiene que ir, a ver si al final con las tonterías pierde el avión –al instante se arrepiente: *con las tonterías*–. Le tiende la mano como a un desconocido –¿no lo es al fin y al cabo?– y él corresponde al gesto blandamente. En voz muy baja, rumiando, le desea buen viaje.

Y ella se aleja con rapidez, al fin sola, hacia la puerta de embarque, liberada, aturdida y confusa. Tiene un sabor amargo en la boca: el café tan cargado, pero también algo más, algo que tiene que ver con la necesidad de reparación, con la justicia. ¿Debería...? Cuando está llegando a su avión, al ver la fila de pasajeros con la documentación preparada, una larga fila tensa e impaciente, da la vuelta, deshace el camino a toda prisa y lo busca con ansiedad, mirando hacia ambos lados. El aeropuerto es ahora distinto, anónimo, frío, muerto, con más gente que antes, con más ruido. ¿Dónde está Bubu, dónde se ha metido? Ve hileras de bancos, plástico y acero, más plástico y más acero, las hebras de azafrán adelgázandose en el cielo, y muchas más personas, más tiendas y maletas, montones de sándwiches ordenados en sus expositores, asépticos surtidores de zumos y fruta cortada en tarritos, la prensa con las mismas noticias de ayer, las mismas de mañana, avisos luminosos, niños desesperados, hartos de todo, un chihuahua enfurecido, hombres feos, tripones, con trajes que no le quedan bien a nadie, junto a chicas a las que les queda bien todo, ese mundo que nunca vieron sus tíos, que jamás viajaban, y que ella está harta de ver, con tanto viaje.

Lo encuentra de pura suerte, agachado mientras ayuda a cerrar un carrito a una joven madre que sostiene a su bebé en brazos. Martina se acerca con lentitud, lo mira desde arriba. Él, en cuclillas, maniobrando con más buena voluntad que eficacia, aprieta palancas y botones sin sentido hasta que engancha un tirador y consigue el milagro. Silba con satisfacción, se levanta y entonces la ve. La visera se le ha torcido y casi le tapa media cara. Martina, agarrándolo del brazo, lo conduce hacia un lado.

—Escucha —dice sin más preámbulo—. No deberías hacer caso de nada de lo que te aconsejara mi tío en el hospital.

Bubu la mira con cara de no entender.

—Me refiero a tus líos judiciales. Él no es abogado. ¿Te dijo que es abogado? Pues bien, no lo es.

–No... No recuerdo si me lo dijo. Quizá lo sobrentendí yo, no lo sé. Por cómo hablaba, por las cosas que me dijo.

–Ya. Muy típico. Mi tío se ha pasado la vida haciendo creer que era abogado, pero solo trabajaba de administrativo en un bufete.

–¿En serio? ¿Os mentía?

–No. Nunca dijo que fuera abogado, ni lo dice ahora, con esas palabras, pero producía la confusión todo el tiempo, eso es todo.

Martina no quiere hacer sangre, no es el momento. Todavía tiene la imagen de la heladería grabada en la retina. Aquel viejo, su tío, horas antes de quedarse viudo, estuvo asesorando sin fundamento a ese pobre hombre, confundiéndolo con su imprudencia, con su vanidad, por pura inercia, y todo ¿con qué fin? Con ninguno. O al menos con ninguno que a ella le corresponda definir. Bubu achica los ojos, la contempla con lo que a ella le parece una sospecha impropia, ese tipo de actitud suspicaz de aquellos de quienes se ríen todo el tiempo y ya no se fían de nadie.

–Bueno, no sé qué pensar, la verdad --dice.

Su mirada se ha nublado de escepticismo y precaución. Una dureza nueva le comprime los labios, secamente. ¿Es posible que Bubu no la crea, que piense que le está soltando una trola solo para reírse de él y confundirlo todavía un poco más? Sí, determina: es posible. ¿Merece la pena tratar de explicarse, hacerle entender que...? No, ni merece la pena ni da tiempo: harían falta varias erupciones volcánicas para eso.

Improvisadamente, sin pensarlo, le da un abrazo –él se queda rígido, desarmado– y se marcha corriendo otra vez. Al llegar a la puerta de embarque, casi sin aliento, jadeando, solo queda una azafata junto al mostrador que la mira con recelo, como se mira a las locas. Es la última en subir al avión, que despega a los pocos minutos.

CONTRA LA DOMESTICACIÓN

Lo que pasó, al parecer, fue que la señora confundió a Padre con otra persona, se sentó a su vera en el autobús, le preguntó amablemente por su trabajo y él, enfrascado en articular la respuesta, tardó en descubrir el error. Según Madre, ni siquiera se dio cuenta por sí mismo, tuvo ella que decírselo, cuando la vio allí en casa, puesta en el sofá muy tiesa, como una tía que sin esperarla viene de visita, mirándolo todo con severidad y asombro.

—A esta señora no la conocemos de nada —le dijo en un aparte.

Fuera porque Padre no quería reconocer la metedura de pata o porque de verdad estuviera entre sus planes traerla a casa, el comentario le resultó de lo más improcedente.

—¿Y eso qué más da? Está aquí y punto.

La señora llevaba un abrigo pesado y largo, de paño negro, y un carrito de la compra por el que asomaban las barbas de unos puerros y dos barras de pan. Sonreía de un modo muy raro, como diciéndose a mí no me la dan con queso, y de la garganta le brotaba un ruidito de satisfacción. Tenía mirada de loca y hasta nosotros, que éramos pequeños, nos dimos cuenta de que estaba loca.

–Señora, ¿no se quiere quitar el abrigo? –le preguntó Padre cortésmente.

–Misi misi –dijo ella, y se lo dejó puesto.

–¿Un café querría?

–Misi misi.

–¿Un bollo?

–Sí.

A nosotros nos ordenó que fuésemos hospitalarios con ella porque era una mujer muy importante, muy culta. Por lo que habían conversado, dedujo que en el pasado había estado vinculada al mundo del Derecho. Quizá había sido abogada, jueza o fiscal. O quizá había trabajado en el despacho de un abogado, de un juez o de un fiscal. O quizá era la mujer de un abogado, de un juez o de un fiscal. Mirándolo de soslayo, Madre nos contagió el descrédito. Padre tendía a creer que el silencio de los demás cuando él hablaba equivalía a comprensión absoluta. No solo a comprensión, sino a conformidad e incluso admiración. A lo mejor, en el autobús, le había contado a aquella señora el último caso en el que trabajaba y solo con los *ajam* de ella, o los *misi misi,* se montó su teoría.

Estuvimos un rato mariposeando en torno a la señora, sin saber qué debíamos hacer ni en qué consistía ser hospitalarios. Pensábamos que lo de la hospitalidad tenía algo que ver con hospital, como cuando hay que cuidar a alguien porque está enfermo con atenciones de las que no dan los médicos, tipo poner compresas frías en la frente o llevar tazas de caldo de gallina, ese espanto. Pero aquella señora no parecía enferma, solo desorientada. Arrebujada en su abrigo, no nos quitaba ojo de encima. Aqui se acercó para enseñarle uno de sus dibujos más recientes. Una grúa levantaba un coche averiado mientras dos hombres miraban la operación; uno, el dueño del coche, lloraba, y el otro, con gorra de operario, no. Una luna y un sol cogidos de la mano contemplaban la escena desde arriba, pero los dos riendo –*JA, JA, JA,* había escrito al lado–. Tanto la grúa como el sol y la luna eran de un amarillo brillante con un reborde naranja más oscuro, perfectamente delineado. La señora, tras observar el dibujo con suma atención, hizo una bola con el papel y lo arrojó a lo lejos.

–Bah.

Aqui apretó los labios, recogió la bola sin protestar, trató de aplanar el dibujo. Padre, que no había visto nada, o que lo vio pero se hizo el tonto, tampoco abrió la boca. Madre se marchó a la cocina a hacer sus faenas. Como siempre que se enfadaba, empezó a formar mucho escándalo con las ollas y las sartenes, resoplando ostentosamente.

De pronto, entre ruidito y ruidito gutural de la señora, oímos también una especie de llanto, un maaa inesperado y dulce. La señora se desabotonó el abrigo y sacó de un bolsillo interior un gatito diminuto y despeluchado. Nos abalanzamos sobre ella para verlo, todos a la vez, así que lo guardó de nuevo mirándonos con ferocidad.

–Misi, misi.

Le pedimos por favor que nos lo enseñara. Lo volvió a sacar con cautela, poquito a poquito. El gato era grisáceo, con ojos azules y el rabo rayado. Tenía las uñas desproporcionadamente largas, como agujas. La señora nos dijo que se llamaba Felipe y esa fue la primera frase completa que pronunció. Madre se acercó a mirar secándose las manos en un paño, con el ceño fruncido porque odiaba los gatos. Luego oímos que le daba las quejas a Padre.

–Esta mujer tiene que irse, lo mismo la están buscando, y encima con el gato, qué vamos a hacer con ella.

Pero como Padre tenía asuntos que resolver en el despacho, rogó silencio y se limitó a decir:

–Ya veremos.

Además, había empezado a llover otra vez, un aguacero pesado, violento, que oscureció el cielo acercando la noche de golpe. ¿Cómo podía salir nadie con ese tiempo? La señora, algo más confiada, soltó a Felipe en el suelo para que también él explorase el territorio. El animalillo daba unos saltos inauditos para su tamaño, graciosísimo, pero solo se dejaba coger por ella, que lo llamaba con un susurro, unas veces alargando la s y otras pronunciando una especie de ch.

–Missi, missi.

O:

–Mishi, mishi.

Felipe hizo caca en una maceta y removió toda la tierra con furia, mirándonos ofendido por haber visto lo que no debíamos ver. Rosa limpió aquello a toda velocidad para que Madre no se diera cuenta.

A la hora de cenar, la señora seguía allí como una más, con el abrigo puesto y su carrito de la compra al lado. La lluvia, que caía a mares, parecía una provocación. Padre arrimó una silla extra a la mesa, desafiante, diciendo que en su casa no se le negaba el pan a nadie. Estábamos todos apretados y del abrigo de la señora emanaba un olorcito a pipí que queríamos pensar que era por Felipe. La señora, con su cara arrugadísima y el cuello de tortuga, miró la tortilla de patatas con deseo. También miró a Damián de arriba abajo, porque era quien le había tocado enfrente, y le preguntó qué tal le iba en el trabajo.

–Yo... tengo solo trece años, todavía estoy estudiando.

Pero la señora ya se había despreocupado de él y devoraba su pedazo de tortilla. Madre, al verla, tuvo un ramalazo de compasión.

–Pobre, está muerta de hambre.

A Felipe le habían puesto un platito de leche en una

216

esquina y ahí estaba lamiendo, tan hambriento como su dueña. Nosotros nos preguntábamos si podríamos quedárnoslo, aunque fuese a costa de que la señora se quedase también. Por supuesto, no nos atrevimos a sugerirlo. Ya conocíamos la teoría de Padre sobre las mascotas, que justo entonces empezó a explicar con mucho preámbulo.

–Rescatar a un gato de la muerte es una acción muy digna, pero conservarlo como mascota es una canallada. La misma palabra *mascota* es bastante elocuente, ¿no? Establece una relación de desigualdad, de posesión, inaceptable.

La señora asintió:

–Inaceptable.

–Fíjese: los animales no tienen mascotas. Un perro no tiene a un gato ni un chimpancé tiene a un loro. En la naturaleza no existe esa costumbre tan absurda, es algo que nos hemos inventado los humanos, justificándolo con la excusa de la compañía. Animales de compañía, se les llama, qué disparate, cuando por contraste rechazamos la compañía de nuestros semejantes. Por no hablar de las enfermedades que transmiten.

–Contra la domesticación –dijo la señora.

Esta última intervención nos dejó de piedra. La señora entendía más de lo que aparentaba. ¡Era una filósofa! Padre se animó, asintió con vigor –¡contra la domesticación!, repitió– y dijo que la existencia de mascotas no era más que una aberración de la cultura occidental, una infantilización, una marca de clase y una señal de decadencia, además de una estúpida y perniciosa moda de la que, afortunadamente, muchísimas culturas asiáticas y africanas ni siquiera tenían noticia. Tras un largo silencio, preguntó:

–¿Qué hará con el gatito?

–Felipe.

–Con... Felipe.

–Duerme en el bolsillo. –Luego miró alrededor, limpiándose con la servilleta–. Y yo, ¿dónde duermo?

Que era una mujer culta y que tenía relaciones con el mundo del Derecho hasta Madre tuvo que admitirlo más tarde. Antes de acostarse estuvo hablando del código civil y del derecho consuetudinario, disquisiciones que, por supuesto, nosotros no entendimos, no sabemos si porque eran inentendibles o porque no teníamos edad suficiente. Madre la interrumpía a cada momento para preguntarle cuestiones prácticas como si quería que le guardase el carrito de la compra en la cocina, si llevaba dentro algún alimento que pudiera estropearse, si quería que le prestara un camisón, una toalla o un cepillo de dientes, y cosas por el estilo, así que la conversación avanzaba dislocada, lo que nos hizo mucha gracia, aunque tuvimos que contener las risas por aquello de la hospitalidad. A esas alturas, Padre ya se había desentendido porque, después de todo, la señora era una mujer, y él con los temas de mujeres era muy respetuoso. Madre le había preparado la cama de Rosa –sábanas limpias, dijo para sí misma, más lavadoras– y Rosa iba a dormir en el sofá. Como nunca salíamos de casa, ni siquiera en verano, ese tipo de cambios, por mínimos que fueran, nos hacían ilusión. Pero la verdadera, desesperanzada ilusión la teníamos puesta en Felipe. ¡Si por lo menos nos dejara jugar con él! Felipe se había quedado dormido dentro del abrigo y ella no pensaba quitárselo.

–Pero ¿así se va a acostar? –dijo Madre.

Y ella respondió algo sobre la perspectiva antropocéntrica del derecho tradicional. Luego se quejó de la corrupción de las clases políticas, se metió en la cama, canturreó misi misi y se quedó frita.

Con la oreja pegada en la pared, Aqui escuchó la conversación que se desarrolló más tarde entre Padre y Madre, que más o menos fue como sigue: Madre dijo que había que avisar a la policía, que esa mujer tenía una familia que estaría preocupada y que hasta podían acusarlos a ellos de secuestro; Padre dijo que la señora era mayor de edad, por lo que sabía cuidarse ella solita, que podían considerarla simplemente una visita y que el libre albedrío es incompatible con la acción policial. Madre, más por extenuación que por convencimiento, dejó de discutir. Acordaron dejarla descansar y mañana se vería.

¿Y qué se vio?

Es curioso. Cada uno de nosotros lo recuerda diferente. Damián, de hecho, ni siquiera recuerda con nitidez a la señora, apenas una imagen deslucida de una mujer con un gatito dentro de un abrigo que vino una tarde y que al rato se fue.

—No, no se fue —le decimos—. Se quedó a dormir.

Nada, no lo recuerda, ni siquiera la cena, y eso que es el mayor de todos los hermanos. En cambio Aqui, el pequeño, es quien más detalles conserva de la historia. Lo del carro de la compra, por ejemplo, y la comida asomando —hemos dicho *barbas de puerro* y *barras de pan* de acuerdo con su relato—, o lo de aquel dibujo que le enseñó y que ella arrugó desdeñosamente en una bola. Sin embargo, según él, la señora durmió en el sofá y se fue a la mañana siguiente en un taxi. ¿Adónde? Debió de dar alguna dirección o debieron de sacársela mediante algún sofisticado interrogatorio. La señora loca no estaba, y por su manera de hablar se notaba que no venía de cualquier sitio.

—¿A qué te refieres con *cualquier sitio?* —pregunta Rosa, pero no hacemos caso, dado que son sus típicas preguntas de mujer suspicaz que se las sabe todas y para la que nunca hay respuesta que valga.

De cualquier sitio o no, es lo mismo, insiste Aqui, la señora no era una mendiga, así que dio una dirección y allá que enviaron al taxista, que se la llevó a ella, al gato y al carro de la compra. Aqui también asegura que se marchó temprano, cuando aún estábamos acostados, y que por eso nos cuesta recordar el desenlace.

–Ah, y el gato no se llamaba Felipe, sino Félix, como suelen llamarse los gatos.

Rosa no da validez a los recuerdos de Aqui ya que falla en lo principal: la señora durmió en su cama y a ella la enviaron al sofá, de eso no le cabe la menor duda. Y el gato se llamaba Felipe, por supuesto. La señora se fue por la mañana, sí, pero porque vinieron a buscarla dos enfermeros de una residencia de ancianos, que se la llevaron a la fuerza en una furgoneta y no en un taxi. Del carrito de la compra no se acuerda, pero del olor a pipí del abrigo sí, Dios mío, qué mal olía, dice, se quedó el cuarto impregnado de ese olor durante días.

Martina, que todavía no vivía con nosotros, trata de interpretar los hechos desde fuera, pero de tanto interpretarlos se enreda, añade cosas, tergiversa a través de sus dudas, cuestionándolo todo. Cansa que siempre haga eso, pero no lo puede evitar, ella es así, piensa como una cirujana, con la frialdad de una cirujana, y en este caso concreto se pregunta, y nos pregunta, por qué Padre haría eso tan raro de traer a casa a una mujer que evidentemente no estaba en sus cabales, y no le basta con la explicación tajante de Rosa:

–Para darse pisto.

Ni con la de Damián:

–Porque llovía mucho y estaba sola.

Ni con la de Aqui:

–Se equivocó y punto.

LA RENDIJITA

Y entonces, de repente, estábamos los dos dentro del armario empotrado y ya no podíamos salir sin ser vistos, y no nos quedó otra que aguantar la respiración y espiar, con los ojos muy abiertos, abiertos como platos, a través de la rendijita que se formaba entre las dos hojas abatibles que no cerraban bien, que nunca habían cerrado bien, y el olor a madera envolviéndonos, mareándonos, junto al antipolillas y el nerviosismo que chorreaba mi hermano mayor mientras yo aguantaba la risa con los labios apretados. El aire se volvió pesado, pesadísimo, como el del interior de un ataúd, pensé, como si estuviéramos encerrados en un ataúd sin modo de avisar de que no habíamos muerto.

Éramos muy pequeños, realmente muy pequeños, recuerdo con nitidez el espejo estilo imperio en el que nos reflejábamos, o mejor dicho en el que se reflejaba el armario, la rendijita y lo que se suponía que estaba detrás, que éramos nosotros, espejo que desapareció muy pronto de nuestra historia familiar porque alguien decidió donarlo a una subasta benéfica a pesar de que era un regalo de la abuela materna, un espejo que a mí me trae imágenes de mi primera infancia y no de la segunda ni de la tercera, así que es posible que yo tuviera cinco o seis años y mi hermano once o doce como mucho, éramos entonces dos cuerpos de niño que tenían que apretarse lo suficiente para caber los dos en un armario.

Con la mirada fija, concentrada en la línea de la rendijita, una raya resplandeciente en medio de la oscuridad, mi mejilla apoyada en el brazo de mi hermano, en su carne blanda y cálida y asustada, vimos a Padre sentarse en la cama de espaldas a nosotros y de cara al espejo, y encorvar la espalda hundiendo la cabeza entre las piernas, como si buscara algo que se le había caído al suelo, una moneda, por ejemplo, o una canica, pero se quedó inmóvil, tan quieto como estábamos nosotros, es decir, no buscaba nada, simplemente descansaba en esa postura tan incómoda sin que nadie lo viera, o creyendo que nadie podía verlo, lo cual, entendí divertido, no era lo mismo.

A medida que seguíamos allí, paralizados, la habitación se fue iluminando, no porque se iluminara de verdad, sino porque se nos iban acostumbrando los ojos a la oscuridad, y ya se podía distinguir el estampado de la colcha –rosas grandes, doradas– y el brillo de los terminales del cabecero y la espalda de Padre con los brazos lacios a ambos lados del cuerpo –no, no buscaba nada–, y de reojo, observé, la expresión de mi hermano, presa del terror, a pesar de lo gracioso que era estar allí espiando, aunque fuese inadecuado o precisamente por eso, por ser inadecuado. Y al sentirlo tan cerca, a mi hermano, aunque solo le rozaba con la mejilla, sentía también un tembleque discontinuo, que a veces se detenía y otras se aceleraba, y yo no entendía la razón de tanto miedo, porque al fin y al cabo nadie nos prohibió nunca meternos en el armario, y si lo habíamos hecho no fue con la intención de espiar sino jugando al escondite, primero yo, muerto de risa, y luego mi hermano, cuando me descubrió y decidió entrar también y cerrar la puerta, empeorando la situación él solito.

Padre empezó a agitarse espasmódicamente, no con el tembleque de mi hermano sino de una forma más visible, visible incluso desde la rendijita por la que yo observaba tal como hacía mi hermano, los dos hipnotizados. Se agitaba su espalda, primero con suavidad y luego un poco más rápido, como si se meciera a sí mismo, y la colcha de rosas doradas también se movía, muy poquito y solo por donde él estaba sentado, es decir, al filo de la cama, pero aun así arrugándose por ahí, por esa zona. Había una ventana a la derecha, es decir, justo enfrente del cabecero que brillaba, con la persiana medio echada, y pequeños cuadrados de luz en la pared, más bien rectángulos, en líneas paralelas, que también se movían muy despacio. Se oyó un sollozo y me volví enfadado hacia mi hermano. Pero no había sido él. Fue Padre.

Padre lloraba de espaldas a nosotros y aquello era lo más increíble que jamás habíamos visto, porque jamás antes lo habíamos visto llorar, y es posible que jamás antes hubiéramos visto llorar a un hombre adulto, ni siquiera en la tele, porque no teníamos tele. Lloraba sin aguantarse las lágrimas, sin alardear como solíamos llorar nosotros, sin protestar ni sorberse los mocos, y mi hermano estaba aún más asustado, pero también desconcertado, se leía en su mirada, como bajo la tentación de salir y confesar nuestra falta y pedir perdón de inmediato. Como si Padre llorara por nosotros, por nuestra culpa.

Pero no nos movimos. Nos quedamos ahí dentro, quietecitos, sin pestañear, soltando el aliento y cogiendo aire nuevo con cuidado —madera, antipolillas—, ahora que ya no corríamos tanto riesgo pues los sollozos de Padre, pensé, ocultaban el sonido de nuestra respiración.

Nuestras miradas, la mía y la de mi hermano, se cruzaron. Ya podíamos vernos con bastante claridad, nuestras caras pálidas, las prendas que colgaban de las perchas, el vestido azul de Madre, el vestido amarillo y el lila, y las chaquetas marrones de Padre, muchas más chaquetas que vestidos, las cajas precintadas con etiquetas que no teníamos interés en leer –yo no sabía leer–, y luego otra vez, desviando la mirada, la rendijita, el espejo ahora con el rostro de Padre –levantó la cabeza, se miraba–, un rostro enrojecido, lloroso, que se limpiaba con la manga restregándose las lágrimas, como estaba prohibido hacer según nos decían siempre por ser una guarrería y de mala educación.

Creímos que nos había descubierto. Nosotros veíamos su cara en el espejo y él, en justa correspondencia, veía nuestras caras dentro del armario, a través de la rendijita, como si la visión tuviera que ser, por fuerza, de ida y vuelta.

Hasta mi corazón quedó parado.

Luego se levantó, dio dos vueltas arriba y abajo del dormitorio, su sombra estropeó los rectángulos de luz que formaba la persiana, suspiró y salió recompuesto, con sus andares de siempre.

Nosotros salimos unos minutos más tarde y no pasó nada más aquel día.

ÍNDICE